www.tredition.de

AF185843

Horst Spittler

Schwejk bei der Bundeswehr

Soldaten- und Studentenjahre
zwischen 1966 und 1970

www.tredition.de

© 2021 Horst Spittler
Umschlagzeichnung und -gestaltung: Moritz Spittler
Verlag und Druck: tredition GmbH, Halenreie 42, 22359
Hamburg
ISBN: 978-3-347-21798-0

Inhalt

1. Das Abitur

1.1 Die Prüfung

Zwischen meiner mündlichen Abiturprüfung am 24. Februar 1966 und der Einberufung zum Wehrdienst am 1. April lagen genau 35 Tage. Diese kurze Zeit der Freiheit sollte ohne lästige Pflichten, dafür mit umso mehr Bier ausgefüllt werden. Davor musste allerdings noch die mündliche Prüfung bestanden werden, übrigens anders als heute ohne Kenntnis der Ergebnisse in den Fächern der schriftlichen Prüfung. Auch das Fach, in dem man mündlich geprüft wurde, erfuhr man erst in dem Augenblick, in dem einer unserer Lehrer den Aufenthaltsraum betrat und sich sein Opfer herauspickte.

Ich war immer erleichtert, wenn die Tür aufging und unser Mathelehrer auf der Schwelle stand. Mit jedem anderen Fach rechnete ich, aber nicht mit Mathe. Dafür, dass ich den neusprachlichen Zweig und nicht den mathematisch-naturwissenschaftlichen gewählt hatte, hielt ich mich bis zu dem plötzlichen Tod unseres Mathe- und Physiklehrers in diesen beiden Fächern mehr als nur wacker. Mit seinem Nachfolger verstand ich mich nicht. In Physik rutschte ich von einer glatten Eins auf eine Vier, nur weil die Witwe des verstorbenen Lehrers nicht dessen Notenbüchlein herausrückte. Als mich dann tatsächlich dessen Nachfolger herauswinkte, schwante mir Ungemach.

Meine Aufgabe bestand darin, einen Rotationskörper zu berechnen. Mit einem siegesgewissen Lächeln im Gesicht und einem flauen Gefühl im Magen betrat ich den Prüfungsraum. Die Diskrepanz der Gefühle zwischen meinem oberen und mittleren Körperteil erklärte sich daraus, dass ich mir der ersten Schritte zur Lösung der Aufgabe recht sicher war, aber ebenso sicher, dass der letzte, entscheidende Schritt jenseits meiner mathematischen Möglichkeiten lag. Auch eine längere Vorbereitungszeit hätte mir nicht geholfen. Ich wurde gebeten, an einem Tisch Platz zu nehmen und die Aufgabe vorzulesen, flankiert von zwei mächtigen Topfpflanzen und vis-à-vis des versammelten Lehrerkollegiums. So war das damals.

Zunächst agierte ich mit der Kreide recht souverän an der Tafel. Dass jeder meiner Lösungsschritte von einem zustimmenden Nicken mir wohl gesonnener Latein-, Kunst- und Sportlehrer begleitet wurde, war ja nett, half mir aber nicht wirklich, da ich mich auf deren vor Jahrzehnten erworbenen mathematischen Kenntnisse nicht verlassen wollte. Wichtig wäre mir allein eine zustimmende oder aufmunternde Geste meines Mathelehrers gewesen. Der aber saß wie in Erz gegossen da. Immerhin wusste ich, dass man für den letzten Lösungsschritt die Substitutionsmethode anwenden musste. Ich erinnere mich noch an den Wortlaut meiner beiden letzten Sätze dieser Prüfung: „Und jetzt muss man die Substitutionsmethode anwenden." Beifälliges Nicken selbst meines Mathematiklehrers. „Aber wie die geht, weiß ich nicht." Damit war ich entlassen.

Zurück im Aufenthaltsraumraum drangen alle mit Fragen in mich, und es entspann sich der folgende kurze Dialog:

„Na, wie war's?"

„Na, ja."

„Und deine Aufgabe?

„Rotationskörper berechnen."

„Und?"

„Rotiert habe allein ich."

Erst nach Abschluss der letzten Prüfung teilte uns der Schulleiter mit, dass wir alle bestanden hatten.

Für diesen erhofften Fall hatten wir Vorsorge in einer unserer Stammkneipen getroffen. Dass sie nahezu zwangsläufig dazu wurde, hing auf kuriose Weise mit der Raumnot unseres Gymnasiums zusammen. Um der zu begegnen, dachte man nicht etwa an Baumaßnahmen, sondern requirierte einen Teil des Gemeindesaals in dem nahegelegenen evangelischen Gemeindehaus, richtete darin zwei Klassenräume ein und lagerte die beiden Oberprimen (die des neusprachlichen und die des mathematisch naturwissenschaftlichen Zweigs) dorthin aus. Die Pausen verbrachten wir in dem weitläufigen Garten des Gemeindehauses. Dass es dort keine Klingel gab, um das Ende der Pausen anzuzeigen, ließ für deren Dauer einigen Spielraum, von dem wir vor allem in den Sommermonaten exzessiven Gebrauch machten. Da hatten die Lehrer einige Mühe, alle wieder in die Klassenräume zu bekommen.

Für den Unterricht in den Fachräumen, also etwa Physik, Biologie oder Sport, mussten wir durch unseren Pausengarten ins Hauptgebäude oder in die Turnhalle hinübergehen. Auf diesem kurzen Weg lag fatalerweise die Kneipe „Zum Treppchen" und ein Abstecher dort hinein zumindest in der großen Pause nahe. Für ein schnelles Bier reichte die Zeit allemal.

Nachdem der Schulleiter uns gratuliert und entlassen hatte, zogen wir geschlossen in diese Kneipe. Bei unserem Eintritt erwarteten uns bereits dank einer perfekten Organisation frisch gezapfte Biere, wobei sich auf der gesamten Länge des Tresens Glas an Glas reihte. Der Tresen war relativ lang, wir Abiturienten waren relativ wenig, mal gerade zwölf. Das endlose Defilee war recht eindrucksvoll.

1.2 Die Feiern

Der ausgiebige Umtrunk in der auf halbem Weg zwischen Klassen- und Prüfungsraum gelegenen Kneipe eröffnete die lange Reihe alkoholreicher Abiturfeierlichkeiten. Die Prüfungen hatten früh am Morgen begonnen und sich bis in den Nachmittag hingezogen. An Essen konnte während dieser ganzen Zeit vor lauter Anspannung niemand denken. Das Bier, das auf die leeren Mägen und die nach der Ergebnisverkündigung schlagartig gewichene Anspannung stieß, besaß einen extrem hohen Wirkungsgrad. Kurz bevor wir völlig aus den Latschen zu kippen drohten, kratzten wir die Kurve, und ein jeglicher torkelte seinem Zuhause entgegen, um dort die frohe Botschaft vom bestandenen Abitur lallend zu verkünden.

In der Verwandtschaft und Bekanntschaft meiner Familie stieß diese Botschaft zuerst auf ungläubiges Staunen, dann auf enthusiastische Freude, hatte doch nach meinen zwei Ehrenrunden niemand mehr ernsthaft damit gerechnet, dass ich jemals das Abitur schaffte. Es drängte sie dermaßen, mich zu diesem überraschenden Erfolg zu beglückwünschen, dass sie ohne Einladung oder auch nur Ankündigung ab dem frühen Abend unsre Wohnung zu fluten begannen und erst, wie ich später erfahren habe, in den frühen Morgenstunden wichen, als nicht nur sie, sondern auch unsere kompletten Sektlvorräte erschöpft waren. Da ich gegenüber unseren Gästen einige Promille Vorsprung hatte, konnte ich an dem spontanen Gelage nur noch kurz teilnehmen. Dafür ist mir nach Aussagen von Augenzeugen ein spektakulärer Abgang gelungen, indem ich samt Stuhl nach hinten wegkippte. Aufgewacht bin ich am nächsten Morgen in meinem Bett ohne irgendeine Erinnerung, wie ich dort hingekommen war. Da hatte sich wohl mein Bruder der brüderlichen Bierleiche brüderlich angenommen.

Mein Rausch hätte allerdings ein längeres Ausschlafen nötig und verdient gehabt. Das war mir jedoch nicht vergönnt. Am Tag nach dem Abitur veranstalteten die Abiturienten traditionell einen Umzug durch die Innenstadt, der stets auf dem Schulhof endete. Es gab da offenbar einen heimlichen Sadisten unter uns, der den Beginn des Umzugs auf 10 Uhr a. m. festgesetzt hatte. Diejenigen, zu denen auch ich gehörte, die unseren Umzugskarren an den Treffpunkt zu bringen hatten, mussten noch eher als die anderen auf den Beinen sein. So hielt ich mich an das Motto der Bochumer Schlegelbrauerei, deren Bier im „Treppchen" ausgeschenkt wurde: „Abends Schlegel, morgens kregel". Wirklich funktioniert hat dieser Spruch allerdings selten.

Für unseren Umzug hatten wir einen aus Balken gezimmerten Galgen auf eine alte Holzkarre montiert. An dem Galgen hing eine lebensgroße Puppe, für die wir einen ausgemusterten Anzug meines Großvaters mit Holzwolle ausgestopft hatten. Als Arbeitsplatz stand uns der Keller unter Opas Uhren-, Schmuck- und Brillengeschäft zur Verfügung, in dem es Holzwolle in rauen Mengen gab. Neben dem Galgen fanden noch zwei Kästen Bier und ein Stapel alter Schulbücher auf dem Karren Platz.

Was wir uns damals bei dem gedacht hatten, was dann auf dem Schulhof geschah, weiß ich heute beim besten Willen nicht mehr. Ich weiß nur, dass es schon seinen Grund hat, wenn heute das Abitur nicht mehr wie damals als „Reifeprüfung" bezeichnet wird. Ein

Ausweis von Reife war unsere Veranstaltung jedenfalls nicht, sondern ganz im Gegenteil von kollektiver Unreife. Das törichte Motto unseres Umzugs „Zwingt Bildung raus und Bier rein" war allein schon insofern völlig daneben, als Bier zu trinken von uns ja keineswegs als Zwang empfunden wurde.

Unsere Puppe trug ein Schild mit der Aufschrift „Bildung" um den Hals, sollte also die personifizierte Bildung darstellen. Sie an den Galgen gebracht zu haben, reichte uns aber noch nicht. Erst als sie vom Galgen abgenommen, auf den Boden gelegt und angezündet worden war, hielten wir den ersten Teil unseres Mottos für hinreichend erfüllt. Darauf stießen wir mit Bierflaschen an, um damit zur Erfüllung des zweiten Teils überzugehen.

Vollends von allen guten Geistern verlassen waren wir bei der folgenden Handlung: Wir holten die ausgedienten Schulbücher vom Karren und warfen sie ins Feuer! Selbst diejenigen von uns, die im Geschichtsunterricht nur „Schiffe-Versenken" gespielt hatten, hätten wissen müssen, welche Assoziation diese Handlung heraufbeschwören musste. Wie so etwas passieren konnte, ist mir schlechterdings unbegreiflich.

In ganz anderer Hinsicht hatte ich bereits am Vortag meine individuelle Unreife unter Beweis gestellt. Als meine Freundin, die sich in Münster mitten im Examen zur Krankengymnastin befand, abends anrief, um den Ausgang meiner Abiturprüfung zu erfahren, lallte ich, noch immer unter der Wirkung unseres Umtrunks am Nachmittag, nichts anderes als immer nur „Ich bin reif, ich bin reif" in den Hörer. Besser hätte man die Aussage dieses Satzes nicht widerlegen können. Wer hätte nach diesem peinlichen Auftritt noch vorauszusagen gewagt, dass unsere Freundschaft diesen nicht nur unbeschadet überstand, sondern schließlich sogar in die Ehe mündete, die bis heute Bestand hat.

Am Abend feierten wir zusammen mit den Abiturientinnen des Mädchengymnasiums. Zwischen diesem und dem Jungengymnasium bestand nicht nur eine räumliche Nähe, sondern auch eine Reihe persönlicher Kontakte. So wie das „Treppchen" auf der Mitte zwischen dem Hauptgebäude unserer Schule und den beiden ausgelagerten Klassenräumen lag, lag zwischen beiden Gymnasien die Ruine einer im Zweiten Weltkrieg kaputt gebombten Kirche (heute ein Parkplatz). Davor befand sich ein Halbkreis verwilderten Grüns mit zwei durch Sträucher vor neugierigen Blicken geschützten Bänken: in den großen Pausen ein idealer Platz zur Pflege zwischenmenschlicher Kontakte zu Schülerinnen des Mädchengymnasiums – oder zum Rauchen.

Dass mich nur Zweiteres an diesen Ort führte, hatte seinen Grund darin, dass ich bereits damals der Person die Treue hielt, mit der ich dieses Jahr mit unseren Kindern und Enkelkindern die Goldene Hochzeit gefeiert habe. Sie hatte das Gymnasium mit der Mittleren Reife verlassen, um in Münster die Ausbildung zur Krankengymnastin anzutreten. Wer nun meint, dass wir uns recht früh aneinander gebunden hätten, dem sei gesagt, dass wir schon gemeinsam konfirmiert worden sind und meine liebe Freundin mir im zarten Alter von zehn Jahren auf der Geburtstagsfeier einer meiner Tanten, die mit der Mutter dieser Göre befreundet war, eine Klette ins Auge geworfen hat. Das verbindet.

Die Kneipe der abendlichen Feier hieß „Alte Post" und wurde von dem älteren Bruder einer Mitabiturientin betrieben. Das bot so einige Vorteile, die uns auch ohne besonderen Anlass häufig dort hinzogen. Einer bestand darin, dass der Kneipier eine elegante Lösung zur Umgehung der Sperrstunde gefunden hatte. Er schloss um ein Uhr die Tür ab und erklärte die verbliebenen Personen zu seinen privaten Gästen. Aufgrund der Klagen von Anwohnern über ruhestörenden Lärm noch weit jenseits der Sperrstunde wurde dies Verfahren amtlicherseits nicht länger toleriert. Seitdem mussten wir in seine Wohnung über der Kneipe umziehen, was natürlich den Nachschub des Biers erheblich verzögerte. Neben der „Alten Post" vernachlässigten wir keineswegs das „Treppchen", das auch so seine Vorzüge hatte, zum Beispiel den Flipperautomaten. Irgendwann hatten wir raus, wie man das Durchlaufen und Verschwinden der Kugel verhindern konnte, ohne den Automaten zu „kippen", was zum sofortigen Spielende geführt hätte. Die für ein Freibier notwendige Punktzahl zu erreichen, war so ein Kinderspiel. Wir hätten uns mit ein paar Groschen in der Tasche in die Kneipe wagen und trotzdem besaufen können, ohne anschreiben zu lassen. Eines Tages war der Flipperautomat verschwunden. Wir wussten warum.

Einen von den Eltern gesponserten luxuriösen Abiturball in festlicher Garderobe, wie er heute üblich ist, kannte man damals noch nicht. Zum Abschluss der offiziellen Veranstaltungen lud unsere Abiturklasse unseren Klassenlehrer ins „Treppchen" ein. Den Höhepunkt des Abends bildete das Verlesen und Verteilen unserer Abiturzeitung, für die wir uns den unglaublich originellen Titel „Die OIs 1966: Die beste Oberprima, die es jemals gab" haben einfallen lassen. Sie umfasste 16 querformatige DIN A5 Seiten, war aufgrund der vielen verschiedenen Autoren mit unterschiedlichen Schreibmaschinen auf Matrizen getippt, hektographiert und zusammengetackert worden. Sie bestand überwiegend aus Texten, in denen wir uns gegenseitig spöttisch, aber nicht bösartig einen Spiegel vorhielten. Ein auf mich gemünzter Spruch nahm meine überschwängliche Begeisterung für den Schriftsteller Friedrich Dürrenmatt und meine eigenen Schreibversuche aufs Korn:

„Einige Sp(l)itt(l)er, gebrochen aus wilden Dürren Matten schaffen einen feinen geschwungenen Stil."

Immerhin hatte kein Geringerer als der Lyriker Peter Rühmkorf folgendes Gedicht von mir in sein Vorwort zu dem rororo-Band „Primanerlyrik – Primanerprosa" von 1965 aufgenommen und kommentiert:

Dort in dem Haus,
auf dem jetzt Unkraut wohnt,
da hab ich gewohnt.
Dann kam das Wunder über Nacht
und hat uns alle reich gemacht.
Da zogen wir aus.

Dort in dem Haus,
auf dem Antennen thronen,
da dürfen wir jetzt wohnen.
Dann wird über Nacht
wieder Krieg gemacht.
Dann ziehen wir aus.

Ich habe dies kleine Gedicht geschrieben, nachdem ich mit ansehen musste, wie das Haus mit unserer ehemaligen Wohnung in der Bahnhofstraße in Witten abgerissen wurde. Als ich die Stelle passierte, hatte der Bagger gerade eine Wand in der zweiten Etage herausgebrochen und gab den Blick auf die gegenüberliegende Wand frei. An der erkannte ich noch Reste unserer alten Küchentapete.

Das Gedicht ist danach an so unterschiedlichen Orten wie in der damals linksradikalen Monatsschrift „konkret" (12/1965) – ohne meine Einwilligung – und in einem Deutschbuch für amerikanische Colleges eines amerikanischen Verlages – mit meiner Zustimmung – wieder abgedruckt worden.

Man darf die äußere Gestalt unserer Abi-Zeitung nicht mit dem Erscheinungsbild heutiger Abiturzeitschriften vergleichen, für deren Herstellung den Abiturientinnen und Abiturienten heute geradezu professionelle technische und grafische Hilfsmittel zur Verfügung stehen. Inhaltlich dagegen brauchen wir einen Vergleich wahrlich nicht zu scheuen.

Unsere Abiturklasse bestand zwar nur aus zwölf Schülern, zerfiel aber in drei gleich große Gruppen von mithin jeweils vier Schülern. Meine Vierergruppe traf sich abends abwechselnd im „Treppchen" oder in der „Alten Post", gelegentlich auch bei mir zu Hause zum Doppelkopf. Diesem Spiel galt neben dem Bier unsere Leidenschaft, für die wir unter bestimmten Bedingungen sogar unsre Nachtruhe zu opfern bereit waren.

Diese Bedingungen bot die Jagdhütte, die meine Familie, in deren Stammbaum kein einziger Jäger vorkommt, damals   im Sauerland besaß. In den Herbstferien durfte sie unser Doppelkopfquartett für eine Woche in Beschlag nehmen. Dann spielten wir zuweilen bis zum Anbruch des Morgens, brachen dann aber sofort zu einer mehrstündigen Wanderung auf – schließlich waren wir zur Erholung dort. Nach der Rückkehr wurde ausgiebig gegessen und geschlafen. Am Abend ging dann das ganze wieder von vorne los. Ein Problem hatten wir lediglich mit der Beschaffung des Biers. Das winzige Dörfchen, in deren Nähe die Jagdhütte lag, verfügte nur über einen einzigen Bier führenden Laden. So konnte es passieren, dass der letzte Kasten am Ende der Woche aus vier verschieden Biermarken zusammengestellt war. frei.

Für diese Doppelkopf-Touren stellte uns mein mittlerer Bruder großzügigerweise seinen alten VW-Käfer zur Verfügung: mit geteilter Heckscheibe, Schalten mit Zwischengas und einem Röllchen als Gaspedal. Dafür verfügte er über ein Stoffschiebedach, deren Falten allerdings nach dem Öffnen so tief durchhingen, dass sie den zwei Freunden auf dem Rücksitz die Sicht versperrten und diesie alle Augenblicke fragten, wo wir denn gerade seien. Der hintere Aschenbecher hatte unmittelbaren Kontakt zur Außenwelt. Wenn man eine Zigarette darin ausdrückte, führte das zu einem Funkenflug im Innenraum. Deshalb galt im Wageninneren ein striktes Rauchverbot. Ich habe dies Auto geliebt und war traurig, als wir es gegen einen Mercedes eintauschten, mit geringem Aufpreis, versteht sich.

Die mit Kneipenbesuchen und Doppelkopf ausgefüllten Wochen vergingen rasch, zu rasch, denn ehe ich mich versah, war der Tag gekommen, an dem ich nach Meinung des Kreiswehrersatzamtes für die militärische Verteidigung Deutschlands unentbehrlich geworden war. Anderthalb Jahre später hätte das Amt möglicherweise anders geurteilt.

2. Die Grundausbildung

2.1 Die Verwandlung von Zivilisten in Soldaten

Am 1. April in aller Frühe brachten mich meine Mutter und mein Bruder mit dem Auto zum Bahnhof in Schwelm, einem verträumten westfälischen Städtchen an der Grenze zum Rheinland, gut drei einhalbmal kleiner als meine Heimatstadt Witten, aber Kreisstadt mit Sitz des Kreiswehrersatzamtes. Deshalb musste der Sonderzug für die neuen Rekruten von dort abfahren. Sein Ziel war Göttingen, eine Stadt, die für mich ein nahezu unbeschriebenes Blatt war. Im Geschichtsunterricht hatte ich mal von den „Göttinger Sieben" gehört, einer Gruppe liberaler rebellierender Universitätsprofessoren, zu denen die Märchenerzähler Wilhelm und Jakob Grimm gehörten. Sie wurden gefeuert, wie man das im Königreich Preußen, wo Gehorsam zu herrschen hatte, nicht anders erwarten konnte.

Aus der Sicht eines Ruhrgebietlers würde es mich also in eine weit im Osten, damals nahe der Grenze zur DDR gelegene Provinzstadt verschlagen. Warum hatte es nicht Hemer sein können, zwar auch ein Kaff, aber in der Nähe? Ich bin Göttingen mit großer Skepsis begegnet. Als ich es vier Jahre später verließ, hatte ich es mein Herz geschlossen, im Gegensatz zu dem von mir ansonsten geschätzten Heinrich Heine, der diese Stadt nach seinem nicht ganz freiwilligen Abschied mit Spott übergossen hat.

Nun wird man erstaunt fragen: Wieso nach vier Jahren? Der Wehrdienst dauerte damals doch „nur" anderthalb Jahre. Hatte ich die freiwillig mehr als verdoppelt, mich als Zeitsoldat verpflichtet? Ganz gewiss nicht! Vielmehr wollte ich nach dem Wehrdienst so schnell wie möglich mit dem Studium beginnen. Als Studienort hatte ich Tübingen – aus welchen Gründen auch immer, ich war noch nie dort gewesen – ins Auge gefasst. Dann erlebte ich Göttingen und beschloss, dort zu studieren, und das erwies sich als eine glückliche Entscheidung. Davon wird im letzten Kapitel ausführlich die Rede sein.

Tübingen habe ich später bei einem Besuch meines dort studierenden Schulfreundes Armin kennengelernt. In Erinnerung geblieben sind mir von diesem Besuch vor allem die Umstände, die zum Verlust meines Regenschirms geführt haben. Auf dem nächtlichen Heimweg von einem Kneipenbummel erregte ein auf der Neckarbrücke unweit des Hölderlinturms aufgestelltes Wahlplakat der NPD unser Missfallen. Spontan kam mir der Vers „Ein Anblick grässlich und gemein" aus einem Gedicht von Christian Morgenstern in den Sinn. Wortlos waren wir uns einig, was mit dem Plakat zu geschehen hatte. Wir hoben es an und eins, zwei, drei weg damit über das Brücken- geländer. Dumm nur, dass mein Stockschirm, den ich über den Arm gehängt hatte, dem Plakat auf dem Weg in den Fluss folgte.

Als wir am nächsten Tag zu der Brücke zurückkehrten, konnten wir leicht die Stelle ausmachen, an der mein Schirm unter der Wasseroberfläche ankerte, sodass noch Aussicht auf seine Wiederbeschaffung bestand. Die Herren vom Bootsverleih mögen sich zwar gewundert haben, was zwei junge Männer bei Dauerregen zu einer Kahnfahrt veranlasste, rückten aber trotzdem ein Boot heraus und wir dem Schirm langsam näher, zu fassen bekamen wir ihn jedoch nicht. Kurz vor dem Kentern des Kahns gaben wir auf, das Boot zurück und ich meinen Schirm endgültig verloren. Es war nicht der erste und auch nicht der letzte.

Nachdem sich der Zug in Bewegung gesetzt hatte, befiel mich ein Gefühl der Leere, Traurigkeit und Dumpfheit, das mich in den nächsten anderthalb Jahren jeden Sonntagabend heimsuchte, wenn ich in Hagen den Zug nach Göttingen bestiegen und mich von meiner Freundin verabschiedet hatte, die mich immer treu und brav dorthin chauffierte. Dass mir das bereits auf meiner ersten Fahrt so erging, auf der ich mich doch in reichlich Gesellschaft von Schicksalsgenossen befand, lag wohl daran, dass ich zu ihnen keinen Kontakt fand, mich in ihrer Gesellschaft irgendwie unbehaglich fühlte. Die Gegenstände ihrer Gespräche und ihre Sprache waren mir fremd. Auch wenn ich vermutlich der einzige Abiturient in unserem Abteil war, entsprang dies Gefühl keineswegs einem Dünkel, vielmehr fühlte ich mich ausgeschlossen. Die ersten Bierdosen wurden bereits kurz hinter Schwelm geöffnet. Ich war, wie das erste Kapitel hinlänglich gezeigt haben sollte, gewiss kein Bierverächter. Aber zu dieser frühen Stunde und in dieser Situation stand mir einfach nicht der Sinn nach Bier. Die Abstinenz reichte, um zum Außenseiter zu werden.

Als wir den Zug in Göttingen verließen, empfing uns vor dem Bahnhof eine Reihe uniformierter Chauffeure vor ihren Wagen, anders gesagt: Soldaten trieben uns an, hinten auf die mit zwei Bankreihen bestückten Ladeflächen ihrer Lastwagen zu klettern. So machten wir zum ersten Mal Bekanntschaft mit dem Unimog – für mich die Abkürzung für unmögliches Auto – auf dem ich noch ganze Tage und Nächte verbringen sollte. Unser Ziel war die Zieten-Kaserne, benannt nach einem preußischen Reitergeneral aus der Zeit Friedrich des Großen. Damit begegnete mir Preußen bereits zum zweiten Mal im Zusammenhang mit Göttingen. Kein ermutigendes Zeichen.

Warum eigentlich müssen Kasernen immer nach Kriegshelden benannt werden, selbst nach solchen aus Hitlers Wehrmacht? Nach Generalfeldmarschall Erwin Rommel sind gleich zwei Bundeswehrkasernen benannt. Immerhin gibt es auch eine Graf-Stauffenberg-Kaserne und seit 2019 trägt sogar eine Kaserne den Namen eines Mitglieds der „Weißen Rose", die Christoph-Probst-Kaserne in Garching bei München. Eine Geschwister-Scholl-Kaserne gibt es meines Wissens allerdings noch nicht, wird aber in einem Internet-Blog als Name anstelle von einer der beiden Rommel-Kasernen vorgeschlagen. Ob das in deren Sinne wäre?

Es dauerte einige Zeit, bis alle Rekruten auf die Zimmer in unserer Unterkunft verteilt waren. In dem allgemeinen Gewusel entdeckte ich plötzlich jemanden, den ich von der Schule her kannte; er hatte ein Jahr vor mir Abitur gemacht. Voller Freude, hier einen, wenngleich nur flüchtigen Bekannten gefunden zu haben, eilte ich mit den Worten „Mensch, Jürgen" auf ihn zu. Er reagierte äußerst merkwürdig, tat so, als hätte er mich noch nie im Leben gesehen und wandte sich ab. Etwas später nahm er mich beiseite und gab mir zu verstehen:

„So geht das hier nicht. Du kannst mich nicht einfach so anquatschen und dann noch mit meinem Vornamen. Ich bin Fahnenjunker und Zugführer und quasi dein Vorgesetzter. Privat können wir uns außerhalb der Kaserne unterhalten. Ist das klar?"

Ich hatte nicht alles verstanden, aber immerhin soviel, dass ich offenbar gegen den hier geltenden Komment verstoßen hatte.

Als sich die Belegschaft unserer Stube zusammengefunden und sich gegenseitig vorgestellt hatte, musste ich meinen Eindruck aus dem Zug korrigieren. Allein auf unserer Stube gab es außer mir noch zwei weitere Abiturienten. Zufall oder Absicht? Natürlich kannte ich die Kriterien nicht, nach denen die Verteilung vorgenommen wurde. Ich konnte mir allerdings weder vorstellen, dass man die dem Zufall noch uns selbst überlassen hatte. Heute weiß ich nicht einmal mehr, mit wie vielen Rekruten eine Stube belegt war; es dürften wohl acht gewesen sein.

Der Rest des ersten Tages verging mit der Einkleidung: Arbeitsanzug, Kampfanzug, Ausgehuniform, Stiefel und Stahlhelm. Ob wir auch staatseigene Unterwäsche und Socken tragen mussten, weiß ich nicht mehr. Mit der Einkleidung war freilich nur der erste, äußerliche Schritt getan, um Zivilisten in Soldaten oder, wie es in den Richtlinien zur „Inneren Führung" hieß, in „Bürger in Uniform" zu verwandeln. Dieser schöne von Generalleutnant Graf Baudessin geprägte Begriff stellt – zumindest in einer demokratisch regierten Gesellschaft – einen Widerspruch in sich dar, eine Contradictio in adjecto, wie die Inhaber des großen Latinums auch gerne sagen. Überall auf der Welt gründet das Militärwesen auf dem Prinzip von Befehl und Gehorsam und kann auch nur auf dieser Basis funktionieren. In einem demokratisch verfassten Gemeinwesen hingegen sind politische Entscheidungen das Ergebnis einer Debatte, bei der Argumente unterschiedlicher Positionen aufeinander treffen und Berücksichtigung finden müssen.

Am nächsten Tag begann unsere Ausbildung, die überwiegend im Freien stattfand, da Kriege eher selten in geschlossenen Räumen stattfinden, außer vielleicht Ehekriege (siehe Martin Walsers Drama „Die Zimmerschlacht"), mit denen ich keine Erfahrung habe. Eine bei den Ausbildern, weniger bei den Rekruten beliebte Übung war das Exerzieren auf dem eigens dafür geschaffenen Platz auf dem Kasernengelände. Ich konnte mir nicht vorstellen, was diese Übungen im Ernstfall zur Bekämpfung des Feindes beitragen konnten.

Wenn wir die Kaserne durch das hintere Tor verließen, ging es zum Truppenübungsgelände auf dem Sauberg. Der hieß wirklich so, und man hätte keinen passenderen Namen finden können. Hier wurden wir auf unsere zukünftigen Aufgaben als Panzergrenadiere vorbereitet. Deren vornehmste schien darin zu bestehen, neben den Panzern herzulaufen und aufzupassen, dass ihnen nichts passierte. Weiterhin wurden wir reichlich mit Erdarbeiten beschäftigt. Wir hoben Gräben aus, wie die schon aus dem Ersten Weltkrieg bekannten Schützengräben, aus denen heraus man im Ernstfall die feindlichen Panzer bekämpfen sollte. Ich befürchtete allerdings, dass sich die Panzer als robuster erweisen würden als wir in unseren Löchern. Jedenfalls weiß ich heute, woher meine chronischen Rückenbeschwerden stammen.

Gelegentlich schickte man uns auch auf Märsche unterschiedlicher Art und Länge, mal mit vollem Gepäck, mal ohne, mal am Tag, mal in der Nacht. Der besonderen Form des Orientierungsmarsches wird ein Abschnitt des nächsten Kapitels gewidmet.

2.2 Das erste Schießen

Ein entscheidender Schritt auf dem Weg der Verwandlung zum Soldaten war die Aushändigung der Waffe, des legendären Gewehrs G 3, das allerdings noch nicht um die Ecke schießen konnte. Auch wenn man uns mit dem blöden Spruch vom Gewehr als „Braut des Soldaten" verschonte, wurde jedem von uns das besondere Verhältnis zu und die besondere Verantwortung für die ihm anvertraute Waffe eingehämmert.

Die Wertschätzung, die diesem zum Töten von Menschen konstruierten Gerät entgegenzubringen verlangt wurde, erforderte offenbar, dass wir es nahezu täglich mehrmals auseinandernehmen und wieder zusammensetzen mussten. Selbst das Reinigen der Waffe war Teil dieses Rituals, obwohl wir noch gar nicht damit geschossen hatten. Die Übungen dienten denn auch nicht allein dazu, alle Handgriffe im Schlaf beherrschen zu lernen, sondern erfüllten darüber hinaus einen psychologischen Zweck. Unentwegt mit der Waffe zu hantieren, ohne damit schießen zu dürfen, war für viele auf die Dauer frustrierend. Sie sehnten den bewusst hinausgezögerten Tag herbei, an dem es zum Schießstand ging.

Als es dann soweit war, erlitt ich bei der Ankunft am Schießstand einen ordentlichen Schock. In meiner grenzenlosen Naivität hatte ich erwartet, wie in einem Schützenverein auf Zielscheiben zu schießen. Doch an deren Stelle standen am Ende der Schießbahnen lebensgroße Nachbildungen von Menschen in Uniform, sogenannte Pappkameraden, und die hatten einen roten Stern auf ihrem Stahlhelm.

Fast noch größer war mein Entsetzen darüber, dass ich offenbar der Einzige war, der mit der Gestalt dieser Ziele ein Problem hatte. Waren sie von allen nicht anders erwartet worden, oder sahen sie darüber hinweg, weil sie so sehr darauf brannten, endlich schießen zu dürfen? Jedenfalls waren die langen Trockenübungen mit dem Gewehr, das lange Hinauszögern des ersten Schießens und die Pappkameraden Bestandteile einer psychologisch raffinierten Strategie zur Lösung eines Problems: Wie bekommt man einen Menschen dazu, auf einen anderen Menschen zu schießen, den er überhaupt nicht kennt und der ihm nichts getan hat?

Anders als bei Tieren wird die Handlungsweise des Menschen nicht von Instinkten geleitet, sondern in der Regel von seinem Verstand. Gleichwohl gibt es auch beim Menschen noch ein rudimentäres Instinktverhalten. Dazu gehört die Tötungshemmung gegenüber Artgenossen, ein für Soldaten eher hinderlicher Instinkt, den es auszuschalten gilt. Und das ist durchaus möglich, weil der Mensch anders als das Tier gegen seinen Instinkt handeln kann. Wenn zwei Wölfe miteinander kämpfen, und derjenige der beiden, der zu unterliegen droht, dem überlegenen seinen Hals zum Zubeißen anbietet, setzt bei diesem die Tötungshemmung gegenüber seinem Artgenossen ein, und es ist ihm einfach nicht möglich, zuzubeißen. Auch einem Menschen fällt es in der Regel nicht leicht, einen anderen Menschen zu töten. Müssten Menschen einander mit ihren bloßen Händen umbringen, würde die Mordrate drastisch sinken, hätten Weltkriege nie stattgefunden.

Deshalb hat man schon recht früh in der Menschheitsgeschichte darauf gesonnen, wie sich die Tötungshemmung gegenüber Artgenossen überlisten lässt. Das Ergebnis ist die Erfindung von Waffen, die das Töten in zweierlei Hinsicht erleichtern. Ein Messer ist für das Töten zum einen effektiver, als es die Hände sind, zum anderen ermöglicht es dem Täter einen gewissen Abstand zu seinem Opfer und erleichtert ihm damit auch psychologisch das Töten.

Die weitere Waffenentwicklung ist auf die Steigerung dieser beiden Faktoren gerichtet: die Effektivität des Tötens und die Vergrößerung der Distanz zwischen Täter und Opfer. Pfeil und Bogen bieten in dieser Hinsicht gegenüber dem Messer schon einen erheblichen Vorteil. Geradezu einen Quantensprung bedeutete die Erfindung von Feuerwaffen. Aber auch sie verlangen noch, das Opfer ins Visier zu nehmen, sich ihm also auf Sichtweite zu nähern. Wie viel angenehmer wäre es, das Opfer beim Töten überhaupt nicht mehr sehen zu müssen. Genau das ermöglicht die Bombe: abwerfen und weg. Die Explosion der beiden auf Japan abgeworfenen Atombomben haben die beiden Piloten überhaupt nicht mitbekommen, sich vielleicht später zu Hause die Augen gerieben angesichts dessen, was sie da angerichtet hatten.

Zudem lässt sich mit der Bombe die Effektivität, d.h. die Zahl der Opfer enorm erhöhen. Tötet ein Gewehrschuss in der Regel lediglich einen Menschen, löscht eine Bombe auf einen Schlag eine Unzahl von Menschenleben aus. Aber immer noch musste sich ein Mensch an den Ort begeben, den er bombardieren wollte. Erst die Erfindung der Drohne macht die Anwesenheit des Täters am Tatort überflüssig und schafft so eine beliebig große Distanz zwischen Täter und Opfern.

Bei meinem ersten Einsatz am Schießstand ist kein Pappkamerad beschädigt, mir jedoch klar geworden, dass meine Verwandlung in einen Soldaten wohl niemals gelingen würde.

Ein ganz besonderer Tag war der der Vereidigung, für uns Wehrpflichtige in der Form des feierlichen Gelöbnisses. Und feierlich ging es dabei wahrlich zu. Nach Anbruch der Dunkelheit marschierten wir geschlossen zu einem idyllischen in der Innenstadt gelegenen Platz, dem sogenannten Rosengarten. Er war an allen Seiten von Mauern mit nur einem einzigen Zugang umschlossen. Eingerahmt von Fackelträgern nahmen wir dort Aufstellung und wiederholten die uns abschnittsweise vorgesprochene Eidesformel. Dass mein Mund verschlossen blieb, hätte mir im Ernstfall nichts genutzt.

Diese abendliche Veranstaltung mit ihrer pseudoromantischen Stimmungsmache hätte eher zum Nationalsozialismus und der Wehrmacht gepasst als zu einer Demokratie mit „Bürgern in Uniform". Schon den Begriff „Feierliches Gelöbnis" empfand ich als emotional überhöht. Die Rekruten hätten den Eid auch bei Tageslicht auf dem schmucklosen Exerzierplatz leisten können.

Am Tag nach der Vereidigung fand ein Gottesdienst statt, zu dem die evangelischen Rekruten geschlossen in die St. Albani Kirche marschierten. Allein die zeitliche Nähe dieser beiden Veranstaltungen war geeignet, ungute Erinnerungen an die fatale Rolle der Kirchen im Dritten Reich zu wecken, zumal der Pastor in seiner Predigt einer Segnung der Waffen bedenklich nahe kam.

Die kirchliche Fürsorge gegenüber den Soldaten beschränkte sich indes nicht auf diesen einen Gottesdienst. Jede Woche hielt der Militärseelsorger, der zugleich Gemeindepfarrer in einer Göttinger Kirchengemeinde war, eine als „Lebenskunde" bezeichnete Unterrichtsstunde in unserer Unterkunft ab. Diese enge Verbindung zwischen Kirche und Militär erscheint mir nicht unproblematisch, zumal wenn die Kirchen einerseits einen Militärbischof als obersten Militärseelsorger einsetzen und gleichzeitig Wehrdienstverweigerern eine Beratung anbieten. Da sollte man sich schon entscheiden. Einer Institution, die sich auf Jesus Christus beruft, der Gewalt in jeglicher Form verurteilt hat, dürfte diese Entscheidung eigentlich nicht schwerfallen. Davon unberührt bleibt die Entscheidung eines jeden Christen, Wehrdienst zu leisten oder ihn zu verweigern.

3. Panzergrenadier

3.1 Wache und Bereitschaft

Nach Abschluss der Grundausbildung wurden die frisch gebackenen Panzergrenadiere auf verschiedene Kompanien der am Standort Göttingen stationierten Panzergrenadierbrigade verteilt. Mit den Abiturienten hatte man allerdings etwas anderes vor. Sie sollten auf einen Fahnenjunkerlehrgang geschickt werden, um den damaligen Personalmangel bei den mittleren Dienstgraden zu verringern. Drei Abiturienten waren dazu nicht bereit; einer davon war ich, ein anderer war schon während der Grundausbildung ausschließlich für den Innendienst abgestellt worden, was sehr ungewöhnlich war, aber seinen Grund hatte.

Auf einem Marsch hatte er sich einen Fuß verknackst, doch sein Zugführer, ein schneidiger Leutnant, ihn gezwungen weiterzumarschieren. Bei der medizinischen Untersuchung wurde später eine komplizierte Knochenverletzung festgestellt, die durch den Weitermarsch hervorgerufen oder zumindest verschlimmert worden war. Anstatt den etwas zu forschen Leutnant auf fahrlässige, wenn nicht gar vorsätzliche Körperverletzung zu verklagen, hat er sich auf einen Deal mit der Bundeswehr eingelassen:

Innendienst für den Rest der Wehrdienstzeit gegen den Verzicht auf eine Klage.

Von ihm habe ich auch erfahren, dass außer ihm alle Abiturienten für diesen Lehrgang vorgesehen waren, also auch ich. Wir drei, die die Teilnahme verweigerten, mussten schriftlich erklären, ein für alle Mal auf die Offizierslaufbahn in der Bundeswehr zu verzichten. Auch wenn es mir schwergefallen ist, ich habe unterschrieben.

Wir drei schaffen es, als Panzergrenadiere in dieselbe Kompanie und auf dieselbe Stube zu kommen. So entwickelte sich zwischen uns mit der Zeit eine Freundschaft. Wir haben sogar einmal ein paar Tage unseres Urlaubs zusammen in unserer Jagdhütte im Sauerland verbracht. Da der vierte Mann zum Doppelkopf fehlte, blieb nur das Wandern. Über die Dauer des Wehrdienstes hinaus stand ich noch bis zum Ende meiner Göttinger Zeit mit dem Innendienstler in losem Kontakt. Denn wie ich begann er, der aus Kassel stammte, nach unserer Entlassung ein Lehramtsstudium in Göttingen, jedoch mit anderen Fächern als ich. Seinen Namen habe ich allerdings ebenso wie den des anderen Kumpels vergessen. Den habe ich Jahre später ganz zufällig noch einmal wiedergesehen, als wir unseren älteren Sohn für eine Klassenfahrt zum Bahnhof in Hagen brachten. Auf dem Bahnsteig stand er mir dann plötzlich gegenüber. Er wurde von Schülern umringt, bekannte sich als deren Lehrer und war ebenfalls im Begriff, mit

ihnen eine Klassenfahrt anzutreten. Schon merkwürdig, dass wir alle drei Lehrer geworden sind.

Die Entscheidung der Bundeswehrführung für
den Standort Göttingen ist nicht zuletzt aufgrund der
geografischen Lage dieser Stadt an der Grenze zur
damaligen DDR gefallen. Man rechnete offenbar
ständig mit einem Angriff von Truppen des Warschauer Paktes auf das Gebiet der Bundesrepublik.
Als die Führung der kommunistischen Partei in
der ehemaligen Tschechoslowakei mit der Parole
„Sozialismus mit menschlichem Antlitz" im Frühjahr
1968 den Bürgern ihres Landes mehr Freiheiten gewähren wollte, als sie die Menschen in den sozialisti-
schen Bruderstaaten genossen, wurde der als „Prager
Frühling" bekannt gewordene Aufstand von Truppen des Warschauer Paktes blutig niedergeschlagen.
Durch diese Ereignisse in unserem Nachbarland
wurde die Führung der Bundeswehr in Alarm ver-
setzt und verhängte unverzüglich eine Urlaubssperre
für alle Soldaten. Schon vorher standen sämtliche
grenznahen Garnisonen unter ständiger Bewachung.
Immer eine Kompanie übernahm für jeweils eine
Woche alle Wachen. Tag und Nacht kontrolliert
wurden zum einen am Kasernentor alle herein- und
herausgehenden Personen und Fahrzeuge. Ebenfalls
Tag und Nacht bewacht werden musste das außerhalb der Kaserne gelegene Munitionsdepot. Und
schließlich patrouillierten nachts zwei Soldaten ge-
genläufig entlang des Zauns, der die Kaserne umgab.

Sämtliche Wachen wurden alle zwei oder drei Stunden – ich weiß es nicht mehr so genau – abgelöst. Das bedeutete in der Nacht den stetigen Wechsel von zwei Stunden Wache und zwei Stunden Schlaf. Dieser Schlafrhythmus war gewöhnungsbedürftig.

Als vergleichsweise angenehm und sinnvoll empfand ich die Bewachung des versteckt im Wald gelegenen Munitionsdepots. Schließlich hatten kriminelle Banden bereits Überfälle auf solche Depots verübt, eine bei ihnen beliebte, weil preiswerte Art der Waffenbeschaffung. Also musste die Wache auf der Hut sein, vor allem in der Nacht. In Göttingen soll einmal, so wird erzählt, ein Leutnant die Wachsamkeit eines Soldaten dadurch überprüft haben, dass er sich nachts heimlich angeschlichen hat. Der Soldat hat die Probe bestanden, der Leutnant sie aber nicht überlebt. Vermutlich hat er nicht auf die Ansprache des Soldaten reagiert, der offenbar ein guter Schütze war.

An einen Wachgang um das Depot herum erinnere ich mich besonders gern. Es war ein strahlender Sonnentag in einem goldenen Oktober. Unter meinen Stiefeln raschelte das Laub, das sachte auf mich und überall um mich herum herabgerieselt war. Ohne Stahlhelm und Gewehr hätte das ein wunderbarer Waldspaziergang sein können. Nach der Wachablösung habe ich diese ambivalente Stimmung in einem Gedicht festzuhalten versucht. Ich habe es nicht aufbewahrt, erinnere mich aber noch an den Schlussvers: „Wär meines Hutes Krempe nur nicht aus Stahl."

Die Soldaten, die nicht zu einer Wache eingeteilt waren, hatten sich in Bereitschaft zu halten. Man frage mich bitte nicht: Bereitschaft wofür? Vermutlich für einen militärischen Überfall aus dem Osten. Sie bedeutete jedenfalls, dass die Unterkunft nicht verlassen und kein Alkohol getrunken werden durfte. Das wär ja auch noch schöner, wenn die Volksarmee mit Unterstützung der roten Armee in unsere Kasernen eindringen könnte, nur weil unsere Soldaten besoffen sind!

Die Bereitschaft wurde zweimal am Abend vom UvD (Unteroffizier vom Dienst) überprüft. Nach dessen schrillem Pfiff aus der Trillerpfeife musste die Kompanie innerhalb weniger Minuten im Lichthof in der Mitte des Gebäudes mit voller Ausrüstung antreten, das hieß im Kampfanzug, in Stiefeln, mit Sturmgepäck, Stahlhelm und Gewehr. War es dem UvD nicht schnell genug gegangen, durfte man es gleich noch einmal probieren. Schließlich hätte man im Ernstfall den Feind ja nicht warten lassen dürfen.

Eines Abends überkam mich während der Bereitschaft ein unwiderstehliches Bedürfnis zu duschen. Wir hatten den ganzen Tag im Gelände verbracht, und nun kam ich mir irgendwie schmutzig vor. Ein Stubengenosse versuchte, mich von meinem Vorhaben abzubringen:

„Bist du verrückt, jetzt zu duschen? Du weißt doch, dass um diese Zeit der erste Appell fällig ist."

„Hab ich kein Problem mit", antwortete ich.

Mein Reinlichkeitsbedürfnis war stärker als die Überzeugungskraft seiner Warnung, und so kam es, wie es kommen musste: Während ich noch unter der Dusche stand, wurde die Tür aufgerissen und eine Stimme rief mir zu:

„Mach voran, Mensch, wir müssen antreten."

Unter der Dusche hatte ich den Pfiff des UvD nicht gehört. Ich geriet jedoch keineswegs in Panik. Seelenruhig schnappte ich mir mein olivgrünes Handtuch, schlang es mir um die Hüften und marschierte los. Da die Duschen ziemlich am Ende des Gebäudes lagen, hatte ich bis zum Lichthof eine Strecke von etwa fünfzig Metern vor mir, und bei jedem Schritt meiner nassen Füße auf dem Betonboden machte es patsch, patsch, patsch. Als ich meine in Stiefeln und Kampfanzug, mit Stahlhelm, Gewehr und Sturmgepäck angetretenen Kameraden erreicht hatte, stellte ich mich dazu. Welch grandioser Kontrast! Der arme UvD wusste nicht, ob er lachen oder weinen sollte. Die Situation schien ihn ein wenig zu überfordern. Meine Rettung war vielleicht, dass der UvD an diesem Abend ein frisch von seinem Lehrgang zurückgekehrter Fahnenjunker war, mit dem zusammen ich die Grundausbildung absolviert hatte. Der Eskapade hätte leicht mein Einzug in die Arrestzelle folgen können.

3.2 Das Bataillonsjubiläum

In die Zeit meines Wehrdienstes fiel die Jubiläums-
feier zum zehnjährigen Bestehen unseres Bataillons.
Die Feier bestand aus einer Rede, die der Standort-
kommandant, ein Oberst, vor dem versammelten
Bataillon hielt, und der anschließenden Dienstbefreiung für den Rest des Tages. Ich fand die Rede ziemlich ermüdend, bis ich an einer Stelle plötzlich auf-
merkte, an der es um einen Vergleich von Soldaten
mit Studenten ging.

Wenn die Beteiligten an der Studentenbewegung
als „die Achtundsechziger" bezeichnet werden, wird
die wichtige Rolle unterschlagen, die das Jahr 1967,
das Jahr unseres Bataillonjubiläums, bei der Entstehung dieser Bewegung gespielt hat. Zwei Ereignisse
aus diesem Jahr mögen das verdeutlichen. An der
Universität Hamburg entrollten Studenten bei der
Rektoratsübergabe ein Plakat mit dem berühmt ge-
wordenen Spruch „Unter den Talaren – Muff von
1000 Jahren". In Berlin wurde der Student Benno
Ohnesorg von einem Polizisten erschossen, als er an
der Demonstration gegen den Staatsbesuch des
Schahs von Persien teilnahm. Dieser Vorfall hat auf
die Bewegung wie Zunder gewirkt.

Berlin war der zentrale Ort und Rudi Dutschke
die zentraler Figur der Studentenbewegung, der es
nicht nur darum ging, verkrustete Strukturen an den
Universitäten aufzubrechen. Sie lässt sich auch als
Austragung eines Generationenkonflikts begreifen.

Man wollte die Elterngeneration zu einer Auseinandersetzung mit der nationalsozialistischen Vergangenheit Deutschlands zwingen, der sich auch die Politik lange Zeit entzog. Nicht zuletzt war sie eine Demokratiebewegung, die sich gegen die Restaurationspolitik der Adenauer-Ära wandte. In Willy Brandts oft zitiertem Satz aus seiner ersten Regierungserklärung von 1969 „Wir wollen mehr Demokratie wagen" wurde das Anliegen der Studentenbewegung zur politischen Absichtserklärung.

Den Teil der Jubiläumsrede, der mein Interesse weckte und sogleich meinen Unmut hervorrief, kann ich nach einmaligem Anhören vor mehr als fünfzig Jahren natürlich nur noch sinngemäß wiedergeben. Der Oberst stellte den in Berlin demonstrierenden Studenten die wehrtätigen Soldaten gegenüber. Während diese mit ihrem Dienst an der Waffe unser demokratisches Gemeinwesen zu verteidigen und zu erhalten bemüht seien, trügen die gewalttätigen Aktionen der Studenten nur dazu bei, es zu untergraben und zu zerstören. Diese einseitige Zuordnung von konstruktiven und destruktiven Kräften in unserer Gesellschaft empörte mich. Offenbar hatte der Mann, der es schon in der Wehrmacht zum Major gebracht hatte, den demokratischen Impuls, der von der Studentenbewegung ausging, überhaupt nicht begriffen. Dafür wurde er 1968 zum Brigadegeneral befördert und zum Kommandeur der Heeresoffizierschule Hannover ernannt, also ausgerechnet mit einer pädagogischen Aufgabe betraut.

Als wir uns nach Abschluss des offiziellen Teils der Jubiläumsveranstaltung über das soeben Gehörte unterhielten, sahen meine beiden Freunde das ganz genauso wie ich. Wir wollten die ungerechte Abwertung der Studentenbewegung nicht unwidersprochen lassen. Deshalb setzen wir uns zusammen und entwarfen einen Leserbrief an die beiden Göttinger Tageszeitungen, in dem wir das Demokratieverständnis des Obersten in Frage stellten. Unser Innendienstler hatte den Schlüssel zur Schreibstube, wo wir unseren Leserbrief in zweifacher Ausfertigung in die kompanieeigene Schreibmaschine tippten. Dann verließen wir in Zivil die Kaserne Richtung Stadt und warfen die Leserbriefe in den Postkasten beider Zeitungen.

Es gab in Göttingen damals zwei konkurrierende Tageszeitungen, das „Göttinger Tageblatt" und die „Göttinger Presse". Erstere war eine konservative, CDU nahe Zeitung, die mit der Kaserne auf gutem Fuße stand und heute noch existiert. Das kann man weder von der Kaserne sagen noch von der „Göttinger Presse", die progressiv, SPD nahe und gegenüber der Kaserne kritisch eingestellt war. Wir wollten keine von beiden bevorzugen oder benachteiligen; deshalb haben wir den Text bei beiden eingeworfen.

Nur zwei von uns dreien hatten den Leserbrief unterschrieben. Der Innendienstler fürchtete mit seiner Unterschrift möglicherweise gegen den Deal mit der Bundeswehr zu verstoßen und Schwierigkeiten zu bekommen. Die bekamen wir auch ohne Deal, und zwar gleich am nächsten Morgen, als wir zwei noch vor der Kompanie geweckt wurden und unverzüglich zum Kompaniechef, einem Hauptmann, beordert wurden. So früh erschien der normalerweise dort nicht. Irgendetwas stimmte da offenbar nicht. Was das war, erfuhren wir, kaum dass wir das Dienstzimmer des Hauptmanns betreten hatten. Wir kannten diesen Mann bislang als gutmütig und umgänglich. Jetzt jedoch fauchte er wild los, sobald er unser ansichtig wurde:

„Was fällt Ihnen ein, einen solchen Brief loszulassen?! Sind Sie von allen guten Geistern verlassen?! In aller Herrgottsfrühe hat mich ein Anruf der Kommandantur aus dem Bett geholt. Man wollte wissen, was um alles in der Welt in meiner Kompanie los sei. Da gäbe es offenbar zwei Saboteure. Womöglich aus dem Osten eingeschleust. Man müsse vielleicht sogar den MAD[1] einschalten."

Der Hauptmann benötigte eine Atempause, die ich zu einer schüchternen Gegenfrage nutzte:

„Wie hat die Kaserne denn so früh davon erfahren?"

„Ja, wie wohl? Nicht *aus* der Zeitung, wie Sie sich das gedacht haben, sondern *von* der Zeitung. Die hat natürlich sofort hier angerufen und nachgefragt, ob

---

[1] MAD: Militärischer Abschirmdienst, neben dem Bundesamt für Verfassungsschutz und dem Bundesnachrichtendienst der dritte Geheimdienst in der Bundesrepublik Deutschland

es hier zwei Soldaten mit Ihrem Namen überhaupt gibt."

„Veröffentlichen wollen die unseren Leserbrief also nicht?

„Ja, wo denken Sie denn hin? Glauben Sie im Ernst, die würden das gute Verhältnis zur Kaserne durch eine Rufschädigung des Brigadeführers aufs Spiel setzen?"

„Und die andere Zeitung?"

Das Gesicht des Hauptmanns wurde um einige Nuancen blasser.

„Sagen Sie bloß, Sie haben den Brief etwa auch an die ›Göttinger Presse‹ gegeben?"

In seiner Stimme lag ein Anflug von Verzweiflung. Aber schnell fand er zu einer militärischen Tonlage zurück.

„Wissen Sie, was Sie jetzt machen?

Wir wussten es natürlich nicht, waren aber sicher, es sogleich von ihm zu erfahren.

„Sie begeben sich in Zivil und im Eiltempo zu den beiden Zeitungen und bringen die Sache ganz schnell in Ordnung! Haben Sie mich verstanden?"

Damit waren wir entlassen. Ohne dass der Hauptmann hätte ausführen müssen, was er mit „in Ordnung bringen" meinte, war uns klar, dass wir soeben den Befehl erhalten hatten, unseren Leserbrief wieder einzukassieren. Konnte das Militär in unserem Land so einfach die freie Meinungsäußerung unterdrücken? Auch wir hatten Gesprächsbedarf mit den Zeitungen.

Als wir uns beim „Göttinger Tageblatt" zu dem zuständigen Redakteur durchgefragt hatten, ging ich gleich mit der Frage zum Angriff über, wie er dazu käme, hinter unserem Rücken mit der Kaserne bezüglich unseres Leserbriefs Verbindung aufzunehmen, ob das seinem Verständnis von dem Auftrag der Presse in unserem Land entspreche. Ich schloss meine Philippika mit einem Schuss ins Blaue:

„Es gibt da in Hamburg ein Nachrichtenmagazin, das sich durchaus für solch ein Presseverhalten interessieren könnte."

Der Schuss ins Blaue traf ins Schwarze. Der sichtlich verunsicherte Redakteur bot uns an, den Leserbrief abzudrucken, wenn wir darauf bestünden. Bestanden wir aber nicht. Wir hatten ja noch, so dachten wir, eine andere Zeitung in der Hinterhand, bei der wir uns ohnehin eher Erfolg versprochen hatten. Allerdings fragten wir uns, warum diese unseren Brief nicht veröffentlicht hatte. Das konnte uns ein freundlicher und souveräner Redakteur der „Göttinger Presse" überzeugend erklären:

„Wir stehen in der Sache ganz hinter dem, was Sie da geschrieben haben und hätten es liebend gerne in unserer Zeitung gebracht. Die Rede des Kommandeurs ist jedoch bei einer Bundeswehr internen, also nicht öffentlichen Veranstaltung, gehalten worden. Darüber dürfen wir ohne Genehmigung der Bundeswehr nichts schreiben, auch keinen Bericht von jemandem veröffentlichen, der dabei gewesen ist. Um eine Abdruckgenehmigung brauchen wir uns bei

Ihrem Text ja wohl erst gar nicht zu bemühen. Das tut mir wirklich leid."

Damit wäre die Sache eigentlich erledigt gewesen, wenn es nicht noch ein Nachspiel gegeben hätte. Etwa eine Woche später waren wir beide zum Rapport bei dem Festredner einbestellt. Solch eine Einladung konnte man nicht ausschlagen. Was mich nur ärgerte, war ihre Tageszeit: eine halbe Stunde vor der Mittagspause. Da rechnete der Herr Oberst wohl mit einer schnellen Abfertigung der beiden aufmüpfigen Grenadiere. Durch diese Rechnung haben wir ihm einen Strich gemacht. Er ist an diesem Tag so wenig wie wir pünktlich an den Mittagstisch gekommen. Anderthalb Stunden haben wir miteinander gerungen. Der Oberst hatte seinen Presseoffizier dabei und war über uns bestens informiert.

Ich räumte gleich zu Beginn des Gesprächs die Möglichkeit eines Missverständnisses unsererseits ein, was sich ja anhand des Redemanuskripts, das der Oberst vor sich liegen hatte, leicht klären ließe. Der dachte jedoch nicht daran, uns darin Einsicht nehmen zu lassen, verstärkte damit natürlich meinen in unserem Leserbrief geäußerten Verdacht. Ohne Kenntnis des genauen Wortlauts war ich jedoch weder zu einer Zurücknahme unseres Vorwurfs noch gar zu einer Entschuldigung bereit. Der Oberst seinerseits ließ keinen Zweifel daran, dass er im Falle einer Veröffentlichung unseres Textes bei Gericht Klage gegen uns einreichen würde. Das Gespräch führte also zu nichts. Es ging aus – um einen für Soldaten naheliegenden Vergleich zu bemühen – wie das berühmte Hornberger Schießen.

In den nächsten Wochen war ich auffallend häufig zum Wochenenddienst eingeteilt. Einen Zusammenhang mit unserem vergeblich verfassten Leserbrief bilde ich mir aber wahrscheinlich nur ein.

3.3 Sonderposten

Nach meinem Auftritt im olivgrünen Handtuch und dem missglückten Angriff auf den guten Ruf unseres Obersten war ich in der Kompanie bekannt wie ein bunter Hund, was das Leben für mich dort nicht unbedingt leichter machte. Die Führung meiner Kompanie sah auch deren guten Ruf durch mich in Gefahr und in mir eine tickende Zeitbombe, die es zu entschärfen galt. Um mich unschädlich zu machen, erfanden sie für mich einen Posten, der in einer Kompanie gar nicht vorgesehen war und den es deshalb auch in keiner anderen Kompanie gab: Ich wurde dem Oberfeldwebel der Kompanie zugewiesen, der mich unter Kontrolle halten sollte.

Worin dessen Funktion innerhalb der Kompanie bestand und was zu seinen Aufgaben gehörte, habe ich während der ganzen Zeit, in der ich quasi als sein Assistent fungierte, nicht begriffen, außer dass er für die Ausarbeitung von Orientierungsmärschen zuständig war, wovon der nächste Abschnitt handeln wird. Er gehörte jedenfalls zum Innendienst, war also wohl an der Verwaltung der Kompanie beteiligt und hatte ein eigenes Dienstzimmer, nicht sehr groß, aber ungemütlich. Es lag ziemlich am Ende des Gebäudes, dem Wasch- und Duschraum gegenüber. Außer einem Schreibtisch mit Sessel und zwei größeren Schränken passte da gerade noch ein Tischchen mit Stuhl für mich hinein. Es stand unter einem kleinen Fenster, das zur Schmalseite des Gebäudes hinausging. Mit meinem Einzug in dieses Zimmer war auch ich nun ein Mitglied des Innendienstes geworden.

Meine einzige Aufgabe bestand darin, den Inhalt beider Schränke, über den der Oberfeldwebel offenbar keinen genauen Überblick hatte, zu sichten und Ordnung in das Chaos zu bringen. Der erste Schrank enthielt ausschließlich Bücher, die wahllos dort hineingestopft worden waren. Es handelte sich leider nicht, wie ja auch nicht zu erwarten war, um literarische Werke, sondern durchweg um Schriften, die das Verteidigungsministerium herausgegeben hatte: Sammlungen von Dienstvorschriften, militärische Handbücher, Broschüren etwa zur „Inneren Führung" und anderen Reihen und weitere Druckwerke dieser Art. Ich liebe Bücher, und so machte mir die Arbeit, die möglicherweise als Strafe für meine Eskapaden gedacht war, richtig Spaß. Ich sortierte die Schriften nach Sachgebieten und ihrem Erscheinungsjahr, versah sie mit Signaturen und legte ein Verzeichnis an. Denn nur so kann man eine Bibliothek effektiv nutzen und ist nicht auf Zufallsfunde angewiesen.

Solch ein Ordnungssystem gab es nur in unserer Kompanie, und das sprach sich bald herum. Wenn Offiziere oder Offiziersanwärter für einen Vortrag, für ihren Unterricht oder sonst eine Arbeit bestimmte Fachliteratur benötigten, kamen sie zu mir, weil sie damit rechnen konnten, sie hier leichter zu finden als irgendwo sonst. Offenbar herrschte in den anderen Kompanien, die ja im Prinzip über den gleichen Bestand an Schriften verfügen mussten, das gleiche Chaos, das ich hier vorgefunden hatte. Je nach ihrem Auftreten, ob arrogant und schnöselig oder freundlich und bescheiden, entschied ich, ob ich das Gewünschte da hatte oder ob ich bedauerlicherweise nicht helfen konnte. Mit der Zeit nahmen die Ausleihen zu, die Verweigerungen ab. Offenbar hatte sich mein Ausleihkriterium herumgesprochen. Auf diese Weise trug ich zur charakterlichen Bildung des Nachwuchses unserer militärischen Führung bei. Für die Ausleihen hatte ich eine eigene Liste angelegt, in die sich jeder unabhängig von seinem militärischen Rang mit Namen, Datum, Kompanie, Zug und Unterschrift eintragen musste. Dies Verfahren empfanden manche als Schikane durch einen einfachen Grenadier, mussten sich ihm aber wohl oder übel unterwerfen, wenn sie an die benötigte Literatur kommen wollten.

Der zweite Schrank enthielt eine Vielzahl unterschiedlicher Gerätschaften, deren Funktion mir zum großen Teil unbekannt war, um die ich mich aber auch nicht weiter kümmern musste, nachdem ich sie ordentlich verstaut hatte. Dann stapelte sich da noch eine Menge Messtischblätter von ganz Deutschland. Messtischblätter sind amtliche topografische Karten im Maßstab von 1: 25000. Da jedes Blatt eine bestimmte Nummer trägt, waren sie leicht zu ordnen. Ich war in der Geografie Deutschlands nicht besonders bewandert, weshalb ich diese Arbeit als interessant und zugleich lehrreich empfand. Die Anzahl der Exemplare, die von den verschiedenen Messtischblättern vorhanden waren, variierte. Meist war es etwa ein halbes Dutzend; es gab aber auch Einzelexemplare. Lediglich von Göttingen (Nr. 4425) war eine recht große Anzahl vorhanden, was sich noch als äußerst vorteilhaft für mich erweisen sollte. Auch für die Messtischblätter legte ich eine Liste an, damit sich das jeweils benötigte Blatt schnell finden ließ. Für sie gab es aber so gut wie keine Nachfrage.

So zeitaufwändig diese bibliothekarischen Aufgaben auch gewesen sein mögen, irgendwann waren sie abgeschlossen. Da der Oberfeldwebel beim bestem Willen keine Anschlussbeschäftigung für mich finden konnte, begann ich, gründlich und gewissenhaft mein geplantes Germanistikstudium vorzubereiten. Als besonders wichtig erschienen mir möglichst umfassende Kenntnisse der deutschen Literatur aller Epochen. Also las ich Bücher wie „Der grüne Heinrich" von Gottfried Keller, Musils „Der Mann ohne Eigenschaften" oder „Joseph und seine Brüder" von Thomas Mann, alles Wälzer mit einem Umfang von mehr als tausend Seiten, die man sonst nur schafft, wenn man wochenlang das Bett hüten muss.

Gelegentlich kam der Kompaniechef herein, fragte, ob ich wisse, wo der Oberfeldwebel sei, was ich regelmäßig und wahrheitsgemäß verneinte. Er schaute über meine Schulter auf das vor mir auf dem Tisch liegende Buch, drohte schelmisch mit dem Zeigefinger und sagte: „Na, na, lesen wir etwa schon wieder?", und verschwand. Alle ließen mich in Ruhe, froh, dass ich das Ansehen der Kompanie nicht weiter ruiniert, sondern inzwischen sogar mit meiner Buchausleihe zu ihrem Renommee beigetragen hatte.

Mit welchen Tätigkeiten mein Oberfeldwebel den lieben langen Tag beschäftigt war, wusste ich tatsächlich nicht, interessierte mich aber auch nicht wirklich. In unserem Zimmer ließ er sich jedenfalls eher selten blicken, was mir durchaus recht war. In seiner Anwesenheit hätte ich meine Lektüre nicht gut fortsetzen können. Dabei verstanden wir uns vom ersten Tag an ausgesprochen gut. Mit der Zeit entstand geradezu ein Vertrauensverhältnis zwischen uns. Ich erzählte ihm von meiner Familie, er mir von seinem bisherigen Leben und seinen Plänen für die Zukunft. (Er wollte zum Bundesgrenzschutz nach Osterode am Harz wechseln. Seine Schwiegereltern besaßen dort ein Haus.) Als er erfuhr, dass mein ältester Bruder Richter am Landgericht war, überreichte er mir eines Tages einen Umschlag in dem sich ein gegen ihn ergangenes Gerichtsurteil befand, mit der Bitte an meinen Bruder, sich das übers Wochenende einmal daraufhin anzusehen, ob dagegen noch etwas zu machen sei. War es leider nicht. Ich sah darin einen Vertrauensbeweis mir gegenüber, dem ich mich dadurch als würdig zu erweisen versuchte, dass ich das Urteil nicht gelesen und ihn nie gefragt habe, was er denn ausgefressen hatte. Einmal hat er mich sogar zu sich nach Hause in seine nahe der Kaserne gelegene Wohnung eingeladen, in der er mit seiner Familie lebte.

3.4 Der Orientierungsmarsch

Als unser Kompaniechef in den Urlaub ging, vertrat ihn ein schneidiger Oberleutnant mit wenig Sympathie für die Innendienstler, die in seinen Augen keine richtigen Soldaten waren. Trotzdem oder gerade deswegen musste auf seinen ausdrücklichen Befehl der gesamte Innendienst an dem von ihm angesetzten nächtlichen Orientierungsmarsch teilnehmen. Diese Ankündigung löste bei den zuweilen liebevoll als „Fußkranke" bezeichneten Innendienstlern sogleich ein Heulen und Zähneklappern aus.

Ein Orientierungsmarsch soll der Verbesserung der Orientierungsfähigkeit der Soldaten im Gelände dienen. Diese müssen mit Hilfe von Karte und Kompass bestimmte festgelegte Punkte anlaufen, von denen sie lediglich die geografischen Koordinaten mitgeteilt bekommen. Bei Nachtmärschen werden sie meist in kleinen Trupps losgeschickt. In unserem Fall wurde ein Trupp ausschließlich aus den Innendienstlern zusammengestellt, damit die Fußkranken schön unter sich blieben. Schikane seitens der Kompanieführung? Es entsprach jedenfalls der sportlichen Einstellung des Oberleutnants, den Orientierungsmarsch als einen Wettbewerb zu gestalten. Für den siegreichen Trupp, also für den, der nach dem Erreichen der vier Zielpunkte als erster wieder in der Kaserne eintraf, hatte er einen Tag Sonderurlaub ausgelobt. Unser Trupp machte sich darauf wenig Hoffnung.

Als ich am Nachmittag vor dem Nachtmarsch über schlappe zwanzig Kilometer mein „Lesezimmer" betrat, lag auf dem Schreibtisch des Oberfeldwebels ein Messtischblatt von Göttingen. Es kam öfter vor, dass ich hinter ihm herräumen musste. Er war zuweilen ein wenig schlampig, wovon ja auch die beiden Schränke vor meiner Ordnungstat zeugten. Ich war schon im Begriff, das Messtischblatt zurück an seinen Platz zu legen, als mir einige handschriftliche Markierungen mit Zahlenangaben auffielen. Ich sah mir die Sache etwas genauer an und kam zu dem Schluss, dass die vier Markierungen nichts anderes bedeuten konnten als die vier Anlaufstationen für unseren Orientierungsmarsch.

Hatte mein Oberfeldwebel das Blatt in seiner Schusseligkeit vergessen wegzuschließen oder hatte er es mit Absicht liegengelassen? Auf diese Frage weiß ich bis heute nicht die Antwort. Damals war mir das egal, da nahm ich rasch ein zweites Messtischblatt von Göttingen, dessen Fehlen niemand merken würde, aus dem Schrank und übertrug darauf die vier Markierungen, rollte das Blatt zusammen und versteckte es in meinem Spind. Zurück in meinem „Lesezimmer" setzte ich frohgemut meine Romanlektüre fort. Als der Oberfeldwebel hereinkam, beachtete er mich nicht – ich ihn auch nicht –, nahm das Messtischblatt von seinem Schreibtisch und verschwand, ohne mit mir ein Wort gewechselt zu haben.

Seitdem ich das Messtischblatt in meinem Spind wusste, sah ich dem nächtlichen Abenteuer wesentlich entspannter entgegen. Ohne dies Blatt hätte unser Trupp vermutlich nicht einmal den ersten der vier Anlaufpunkte gefunden. Niemand von uns verstand sich hinreichend darauf, mit Karte und Kompass umzugehen. Wir wären blind durch die Nacht gestolpert. Ich dachte nicht daran, meinen Trupp in mein Geheimnis, den Besitz der „Schatzkarte", einzuweihen, bevor wir das Kasernengelände verlassen hatten. Wir starteten als letzter Trupp, von dem wohl alle nichts anderes erwarteten, als dass er auch als letzter wieder zurückkehrte und allenfalls ein oder zwei der vier Zielpunkte gefunden hätte.

Ich hatte mir natürlich vorab angesehen, in welche Richtung wir losmarschieren mussten, um die erste Anlaufstelle zu erreichen. Da ja kein Trupp mehr nach uns kam, der uns hätte überholen können, wartete ich nicht lange, bis ich meine Leute bat, kurz anzuhalten und sich hinzusetzen. Verwundert fragte einer:

„Machst du jetzt schon schlapp?"

„Ganz und gar nicht", antwortete ich, „ich will einen Tag Sonderurlaub."

Hier eine Auswahl der mir erinnerlichen Kommentare:

„Ha, ha, ha"

„Träum schön weiter."

„Wenn du dich jetzt schon ins Gras setzen musst, wird es wohl nichts damit."

Mit meiner präparierten Karte brachte ich die Spötter schnell zum Schweigen. Die Depression, die außer mir den ganzen Trupp vom ersten Schritt aus der Kaserne an befallen hatte, verließ sie auf einen Schlag. Ausgelassen steckten sie sich eine Zigarette an und ließen den lieben Gott eine gute Nacht sein. Ich begann die Erläuterung meines Plans mit einer Warnung:

„Wir dürfen nicht den Fehler machen, zu schnell die Stationen anzulaufen. Dann ist jedem sofort klar, dass da was nicht stimmen kann. Ich schlage vor, wir ruhen uns hier noch ein bisschen aus, machen dann einen kleinen Umweg, damit wir ja nicht auf eine Gruppe vor uns stoßen."

Als wir planmäßig als letzter Trupp die erste Anlaufstelle erreichten, frozzelte der dort stationierte Unteroffizier:

„Wie habt ihr das denn geschafft, hierher zu finden?"

Wir hätten ihm die Frage beantworten können, verzichteten jedoch darauf. Er händigte uns die Koordinaten für das zweite Ziel aus, die wir eigentlich gar nicht brauchten und mit denen wir sowieso nichts anfangen konnten.

An der zweiten Anlaufstelle informierte uns der Posten mit ungläubigem Staunen darüber, dass längst noch nicht alle vor uns gestarteten Trupps durchgekommen seien. An der dritten erfuhren wir, dass nur noch der zuerst gestartete Trupp vor uns lag. Wir hatten, da nur noch etwa vier Kilometer bis zur letzten Station vor uns lagen, auf den zwölf zurückgelegten Kilometern fast eine Stunde Zeit gut gemacht. Hatten wir bislang bewusst immer mal wieder ein bisschen gebummelt oder Pausen eingelegt, so wollten wir es jetzt wissen und gaben Gas, um vielleicht tatsächlich meinen nicht ganz ernste gemeinten Anspruch auf einen Tag Sonderurlaub zu verwirklichen.

Als wir den Posten der letzten Station erreichten, glaubte der, einer Fata Morgana aufzusitzen. Wir waren wahrhaftig vor dem letzen noch mit uns konkurrierenden Trupp ins Ziel gekommen, sogar als einziger, wie wir später erfuhren. Nun mussten wir nur noch lebend die Kaserne erreichen, um in den Genuss von einem Tag Sonderurlaub als unverdienten Lohn zu kommen. Trotz dieser herrlichen Aussicht fielen uns die letzten drei bis vier Kilometer alles andere als leicht. Konditionell waren wir ziemlich am Ende. Als wir in den frühen Morgenstunden durch ein ganz in der Nähe von Göttingen gelegenes

Dorf kamen, zeigte einer von uns auf das Schild einer Kneipe:

„Jetzt ein Bier, das wär's."

Wir mussten vom Teufel geritten sein, als wir es tatsächlich unternahmen, den Wirt aus dem Bett zu klingeln. Bei dem überaus positiven Ansehen, das die Soldaten unseres Standorts in und um Göttingen genossen, mussten wir zwar keine offizielle Beschwerde befürchten, aber doch eine schroffe bis wütende Reaktion. Statt dessen reichte uns der Wirt, der offenbar noch gar nicht ins Bett gekommen war, einen Kasten Bier heraus und gab sich mit einem Zehn-Mark-Schein als Bezahlung zufrieden, was uns nicht einmal besonders erstaunte. Wenn man in der Stadt eine Kneipe in Uniform betrat, was ich allerdings nach Möglichkeit vermied – die Uniform, nicht die Kneipe –, konnte es durchaus passieren, von einem der Gäste ungefragt ein Bier spendiert zu bekommen.

Beim Erreichen der Kaserne war der Kasten bei weitem noch nicht leer. Zwei von uns trugen ihn zwischen sich und passierten so das Kasernentor. Dann hieß es: sich frisch machen, frühstücken, den Dienst antreten. Allen in der Kompanie war klar, dass es nicht mit rechten Dingen zugegangen sein konnte, wenn ausgerechnet die Innendienstler als einzige alle vier Anlaufpunkte gefunden hatten. Wie das möglich geworden war, konnte allerdings niemand erklären. Der Oberfeldwebel hätte es wahrscheinlich gekonnt. Wenn er uns nicht vorsätzlich zu diesem Sieg verholfen hatte, musste er zumindest ahnen, dass wir ihn seiner Schluderigkeit zu verdanken hatten.

Mit offen zur Schau getragenem Widerwillen sprach der Oberleutnant unserem Trupp eine Belobigung aus und musste uns den Tag Sonderurlaub gewähren. Positiv verändert hat sich seine Einstellung gegenüber dem Innendienst dadurch nicht, eher im Gegenteil seinen Argwohn noch verstärkt. Aber der Urlaub unseres Kompaniechefs dauerte ja zum Glück nicht ewig.

4. Truppenübungsplatz Bitche (Frankreich)

4.1 Das Vorkommando

Der Höhepunkt einer jeden Wehrdienstzeit, so versicherten uns unsere Vorgesetzten, sei die Teilnahme an einem Manöver. Ich hätte darauf gut verzichten können. Wenn man schon vorhatte, das gesamte Bataillon für einige Zeit auf einen Truppenübungsplatz zu verlegen, warum musste es so weit entfernt sein, warum konnte man nicht zumindest innerhalb Deutschlands bleiben, warum musste es ausgerechnet in Frankreich sein? Wohl kaum wegen der landschaftlich reizvollen Lage im Naturpark Nordvogesen. Hätte es das vergleichsweise nahegelegene Sennelager bei Paderborn nicht auch getan? Ob ich mich da wohler gefühlt hätte, weiß ich natürlich nicht. Ich weiß nur, dass ich auf dem Truppenübungsplatz von Bitche die schlimmste Zeit meines damals freilich noch jungen Lebens durchgemacht habe.

Von zu Hause aus war ich als Nachkömmling und Halbwaise mit einem zwölf und einem sechs Jahre älteren Bruder reichlich verwöhnt. Nach einer eher kargen Kleinkindzeit in der zweiten Hälfte der 1940er Jahre wuchs ich zwar ohne den im „Volkssturm" im April 1945 gefallenen Vater auf, aber mit dem beginnenden „Wirtschaftswunder" immerhin in dem prosperierenden Haushalt des Juweliergeschäfts meines Großvaters. Da meine Mutter im väterlichen Geschäft mitarbeitete, führte meine Großmutter den Haushalt mit Hilfe einer Angestellten, die hinter mir herräumte und putzte, sogar die Badewanne, wenn ich ihr nach wohligem Bad entstiegen war. Meine Freundin hielt mich für den letzten Soldaten, den Wehrdienst aber trotzdem für eine für mich notwendige Erfahrung, ohne die sie mich nie geheiratet hätte, wie sie mir immer wieder versicherte. Ich denke allerdings, dass dafür der normale Kasernendienst in Göttingen ausgereicht hätte. Die Extra-Erfahrung auf einem Truppenübungsplatz in Frankreich wäre dafür nicht unbedingt notwendig gewesen.

Die zeitweise Verlegung eines Bataillons aus der Kaserne auf einen Truppenübungsplatz ist eine logistische Herausforderung, die für unsere Kompanie in erster Linie mein Oberfeldwebel zu bewältigen hatte. Als sein Assistent war ich ihm da keine große Hilfe, aber zwangsläufig gehörte ich zusammen mit ihm dem sogenannten Vorkommando an, einem kleinen Trupp, der sich ein paar Tage vor dem Aufbruch des ganzen Trosses auf den Weg nach Bitche machte, um diesem einen schönen Empfang zu bereiten. Den Sinn eines solchen Vorkommandos habe ich erst begriffen, nachdem ich die lange Fahrt auf der harten Bank des Unimogs überstanden hatte und am Truppenübungsplatz angekommen war.

Verglichen mit der Unterkunft, auf die wir dort trafen, nahm sich die in unserer Göttinger Kaserne zwar nicht wie ein fünf Sterne, aber immerhin wie ein drei Sterne Hotel aus. Ich habe eine Postkarte der Unterkünfte in Bitche aus der Zeit des ersten Weltkriegs gesehen. Sie hatten ihr Aussehen überhaupt nicht verändert. Die etwa fünfzig Meter langen Holzbaracken hatten nur an den beiden Schmalseiten einen Eingang, durch den man einen Gang betrat, der durch das gesamte Gebäude führte. Links und rechts davon lagen die Zimmer, die allerdings nicht durch Türen getrennt, sondern durch offene Durchgänge verbunden waren. An die Lage und Ausstattung der sanitären Einrichtungen habe ich nicht mehr die geringste Erinnerung. Wahrscheinlich hat sie meine Überlebensstrategie verdrängt. Toiletten, französische Toiletten wohl bemerkt, und Waschbecken wird es sicher irgendwo gegeben haben, aber Duschen?

Die Grenadiere des Vorkommandos waren nichts anderes als eine Putzkolonne, die zunächst die Baracken von Schutt und grobem Dreck zu befreien hatte, bevor sie an die Feinreinigung gehen konnte. Ich habe tote Ratten und Mäuse, verschimmelte Brotreste und vergammelte Klamotten aus den Spinden geräumt. Es war mir unbegreiflich, wie man die Unterkunft in solch einem Zustand hatte verlassen können. Wenn ich schreibe, dass dies Truppen der glorreichen französischen Armee gewesen sind, gefährde ich dann die nach dem Zweiten Weltkrieg mühsam gewonnene deutsch-französische Freundschaft? Davor freilich hätten deutsche Soldaten niemals in Bitche ein Manöver abhalten können. Das alles änderte freilich nichts daran, dass wir die Unterkünfte in einem unglaublich dreckigen, nein: verdreckten Zustand vorgefunden haben. Wir Grenadiere des Vorkommandos hatten alle Hände voll zu tun, die Unterkünfte bis zum Eintreffen des Bataillons in einen bewohnbaren Zustand zu versetzen.

Abends waren wir so erschöpft, dass wir selbst auf den unbequemen Pritschen der Etagenbetten schnell in den Schlaf fanden. Am Morgen nach der ersten Nacht habe ich zum ersten und Gott sei Dank einzigen Mal in meinem Leben ein von Wanzen zerstochenes Gesicht gesehen. Kein schöner Anblick. Ab der zweiten Nacht haben wir in unseren Schlafsäcken und nur noch mit Mückenschleier über dem Gesicht geschlafen.

4.2 Das Gefechtsschießen

Nach dem Eintreffen des Bataillons waren für mehrere Tage verschiedene Übungen im Gefechtsschießen angesetzt, das sich vom Schießen auf dem Schießstand der Kaserne gewaltig unterschied. Dort wurde nur mit Gewehr und Pistole geschossen. Hier dagegen kamen auch schwerere Waffen wie Gewehrgranate und Panzerfaust zum Einsatz, mit denen auf ausrangierte und häufig schon arg durchlöcherte Panzer gezielt wurde. Während man mit der Panzerfaust im Ernstfall eine reelle Chance gegen einen feindlichen Panzer hätte, würde ich nie im Leben freiwillig eine Gewehrgranate darauf abfeuern. Das Geschoss einer Panzerfaust schweißt sich, egal an welcher Stelle es den Panzer trifft, durch dessen Stahl und explodiert im Innenraum. Die Reste der Besatzung müsste man von den Wänden schaben. Wenn man dagegen mit der Gewehrgranate, die einfach auf das Gewehr aufgesteckt wird, einen Panzer nicht präzise an seiner einzig empfindlichen Stelle trifft, nämlich zwischen Wanne und Turm, bewirkt eine Gewehrgranate nicht mehr, als dem Panzerfahrer anzuzeigen, in welchem Loch der Schütze steckt, über das er einmal vor und wieder zurück rollen muss, um den Soldaten zu zerquetschen und gleichzeitig zu begraben.

Selbst beim Übungsschießen ist die Gewehrgranate ein tückisches Gerät. Anders als beim Schießen mit normaler Munition darf man bei der Gewehrgranate den Daumen nicht um den Gewehrkolben legen, sondern muss ihn parallel dazu halten. Der Abschuss einer Gewehrgranate erzeugt einen unvergleichlich stärkeren Rückstoß als der gewöhnlicher Munition. Ich habe gesehen, was mit dem Daumen desjenigen passiert ist, der das nicht beherzigt hat: Er hing nur noch lose an der Hand.

Auch das Gefechtschießen mit dem Gewehr ist nicht mit dem auf dem Schießstand zu vergleichen. Es findet hier gewissermaßen in freier Wildbahn statt. Allerdings bekommt jeder Schütze eine Bahn zugewiesen; freier geht es auch hier nicht zu. Jeweils sechs Schützen nehmen nebeneinander Aufstellung und marschieren auf das Zeichen des Kompaniechefs los. Unteroffiziere achten darauf, dass die Sechs schön auf einer Linie bleiben, damit sie sich nicht gegenseitig in die Hacken schießen. Irgendwann während des Vorwärtsschreitens klappen dann vor ihnen Pappkameraden in die Höhe, auf jeder Bahn einer. Je nach deren stehender oder kniender Position müssen auch die Schützen mal diese, mal jene Position einnehmen.

Als wir vor dem letzen Durchgang standen und bei mir bis dahin die Trefferanzeige immer „null" gelautet hatte, brachte ich unseren Kompaniechef tatsächlich zu etwas, was noch nie zuvor geschehen war, nicht einmal bei unserer Zeitungs-Nummer, nämlich dazu, mich anzubrüllen:

„Jetzt reißen Sie sich endlich mal zusammen; ich will jetzt einen Treffer sehen; sonst passiert was!"

Was, ließ er offen. Jeder in meiner Reihe lud zum letzten Mal sein Magazin mit sechs Schuss Munition, und los ging's. Sobald die Pappkameraden hochschnellten, fingen alle an zu feuern. Ich hatte die fünfte, also vorletzte Bahn rechts. Die Trefferanzeige ergab für mich abermals eine Null. Dafür hatte mein Nachbar zur Rechten das seltene Kunststück fertiggebracht, mit sechs Schuss sieben Treffer zu erzielen.

Der Kompaniechef winkte nur müde ab, sonst passierte entgegen seiner Ankündigung nichts, außer dass er wie immer, wenn er einen Babysitter brauchte, ausgerechnet mich Fehlschützen für diese Aufgabe engagierte. Er hatte drei kleine Kinder, eins davon mit Downsyndrom. Niemand in unserer Kompanie, den er darauf ansprüche, würde ihm die Bitte abschlagen, Babysitter bei ihm zu Hause zu spielen. Ich wusste, dass er mich für den letzten Soldaten hielt, eine Einschätzung, die er mit meiner Freundin teilte. Das hinderte aber beide nicht daran, mir Vertrauen entgegenzubringen. In seinem Fall reichte es sogar so weit, mir seine Kinder anzuvertrauen.

Peinlich war mir immer nur, dass seine Frau mir nach ihrer Rückkehr einen Fünf-Mark-Schein zuzustecken versuchte. Ich war von zu Hause finanziell hinreichend versorgt und wollte das Geld nicht annehmen. Bis auf ein einziges Mal konnte ich ihre Angebote erfolgreich abwehren. Bei diesem einen Mal hatte ich mir als Lektüre „Das Tagebuch des Verführers" des dänischen Philosophen Sören Kirkegaard mitgenommen. Das schmale Bändchen ist Teil seiner bedeutenden philosophischen Schrift „Entweder-Oder". Mit den Worten „Na, was lesen Sie denn da Schönes?" nahm sie mir das Buch aus der Hand. Das war mir insofern peinlich, als der Titel ja nicht unbedingt ein philosophisches Werk erwarten ließ. Ich war so sehr damit beschäftigt, wortreich einem möglichen Missverständnis über die Art meiner Lektüre zuvorzukommen, dass ich nicht bemerkte, wie sie einen Geldschein zwischen die Buchseiten schob. Gefunden habe ich ihn erst viel später.

Offenbar aufgrund meiner Leistungen als Babysitter wurde ich gegen Ende meines Wehrdienstes trotz meiner soldatischen Defizite zum Gefreiten befördert. Um diese Beförderung zu verhindern, hätte ich mir wohl gravierendere Verstöße gegen das Wehrdisziplinarrecht zu Schulden kommen lassen müssen als meine Schwejkaden. Nun durfte unsere Haushaltshilfe auf alle meine militärischen Jacken so einen blöden Balken schräg aufnähen. Vermutlich war sogar dessen Winkel genau vorgeschrieben. Mein Kompaniechef hatte es gewiss gut mit mir gemeint, aber seine Entscheidung, wenn es denn seine war, wenig später bitter bereut, und zwar anlässlich eines Appells zur Stubenabnahme vor der Dienstbefreiung am Wochenende.

Die gesamte Belegschaft unserer Stube stand stramm neben den geöffneten Spindtüren. Bei einigen hatte der Hauptmann an der Ordnung im Spind, an dem Bettenbau oder an was auch immer Anstoß genommen. Um sich die Namen und den Grund der Beanstandung zu notieren, verlangte er nach einem Blatt Papier. Ich griff in meinen Spind und reichte ihm dienstbeflissen ein solches. Er dankte, doch bevor er zu notieren begann, drehte er das Blatt ohne erkennbaren Grund um oder vielleicht deshalb, weil er bei mir immer auf böse Überraschungen gefasst war. Ich enttäuschte ihn auch diesmal nicht. Denn wahrhaftig entpuppte sich das Blatt als meine Ernennungsurkunde zum Gefreiten. Diese von mir überhaupt nicht beabsichtigte Bekundung meiner Gering-

schätzung militärischer Ränge machte den Hauptmann sprachlos.

4.3 Das Manöver

Ein Manöver lässt sich für militärische Laien am besten mit dem Spiel „Räuber und Gendarm" vergleichen. Bei beiden wird eine bestimmte Anzahl von
Spielern bzw. Soldaten in zwei annähernd gleich
große Gruppen aufgeteilt, die gegeneinander kämpfen. Die einen, die Gendarmen bzw. die Soldaten mit
blauen Armbinden, sind die Guten, die anderen, die
Räuber bzw. die Soldaten mit roten Armbinden, sind
die Bösen. Gewinnen sollten immer die Guten, an-
dernfalls führt das zu einer heftigen Manöverkritik.
Geschossen wird übrigens in beiden Fällen mit
Platzpatronen, was die Entscheidung über Sieg und
Niederlage zwar schwierig macht, dafür jedoch einen
unerwünschten Personalschwund bei der Truppe
verhindert. Anders als bei „Räuber und Gendarm"
gibt es bei einem Manöver Beobachter und Schiedsrichter, die darüber entscheiden, welche Gruppe ge-
wonnen und welche verloren hat.

Bei unserem Manöver in Bitche hatte meine
Gruppe vor einem kleinen Wäldchen Stellung zu
beziehen und sich dort einzugraben. Jeder von uns
schaufelte sich sein eigenes – Loch. Die Löcher be-
fanden sich zwar in Rufweite voneinander. Gerufen
werden durfte allerdings nicht, denn wir lagen of-

fenbar direkt an der Front, wo der Feind hätte mithören können, sofern er der deutschen Sprache mächtig war. Dann wurden wir darüber informiert, dass ein Panzerangriff des Feindes unmittelbar bevorstehe. Und der ließ tatsächlich nicht lange auf sich warten. Als ein Panzer sich ziemlich nah an mein Loch herangewagt hatte, schoss ich gemäß Befehl meine Gewehrgranate ab, den Daumen schön parallel zum Gewehrkolben. Sie verlor sich irgendwo in den Weiten des Truppenübungsplatzes. Danach passierte eigentlich nichts mehr, und ich saß gelangweilt in meinem unbequemen Loch herum.

Irgendwann tauchte ein Schiedsrichter bei mir auf, der als Kennzeichen seiner Funktion eine weiße Armbinde trug. Der entschied gegen mich, sodass ich das Kampfgeschehen nicht länger zu unseren Gunsten beeinflussen konnte. Ich nahm die Nachricht meines Aus- und Verscheidens mit Fassung entgegen, stellte meine Flinte in die Ecke, hing meinen Stahlhelm darüber und krabbelte aus dem Loch, um die erste Zigarette nach meinem Tod zu rauchen.

Ich hatte noch nicht aufgeraucht, als ich Besuch von zwei Manöverbeobachtern erhielt, die mich sogleich anfauchten:

„Sind Sie verrückt geworden! Was machen Sie denn da?"

„Ich rauche meine erste Zigarette nach dem Tod."

Die Herren verstanden keinen Spaß, wie überhaupt meiner Erfahrung nach das Militärwesen ziemlich humorlos ist. Ich hätte gefälligst, so schnaubten sie weiter, in meinem Schützengraben auszuharren, bis offiziell das Manöver für beendet erklärt worden sei. Dann könne ich zu meiner Gruppe und meinem Zug zurückkehren. Den angegebenen Sammelpunkt wisse ich ja wohl noch.

Alles, was in diesem Kapitel erzählt worden ist, habe ich während meines Aufenthaltes in Bitche schon einmal aufgeschrieben, unmittelbar nach dem Erleben wahrscheinlich erheblich detaillierter und vielleicht sogar noch lustiger. Ich war damals in diesem Lager psychisch ziemlich schlecht drauf. Doch je dreckiger es mir ging, desto heiterer fielen die Briefe aus, die ich jeden zweiten Tag nach Hause schrieb. Es ging weniger darum, meine Familie mit Information zu versorgen. Dafür hätten die Briefe anders aussehen müssen. Ihren wahren Sinn habe ich damals eher intuitiv erfasst, bewusst geworden ist er mir erst später. Das Schreiben hatte eine therapeutische Funktion für mich, es half mir, die Situation zu bewältigen. Das Belastende dabei ins Lächerliche umschlagen zu lassen, war gewissermaßen eine Kompensationshandlung. Ganz ähnlich versteht der Schauspieler und Schriftsteller Joachim Meyerhoff seinen neuen Roman „Hamster im hinteren Stromgebiet", in dem er seine Schlaganfallerkrankung mithilfe von Komik literarisch verarbeitet. Der Bewältigung einer Lebenskrise verdankt wohl schon Goethes Roman „Die Leiden des jungen Werther" seine Entstehung. Statt sich wie sein Held aus unerfüllter Liebe eine Kugel

„vor" den Kopf zu schießen, wie es bei Goethe heißt, schreibt dieser lieber einen Roman und vermeidet so möglicherweise seinen Selbstmord. Ich denke nicht daran, mich mit diesen beiden Autoren vergleichen zu wollen, es geht mir nur um das vergleichbare Schreibmotiv, für das sich gewiss auch Beispiele weniger bekannter Autoren finden ließen.

Leider sind meine Briefe von damals nicht erhalten geblieben. Sie hätten mir die Arbeit heute erheblich erleichtert. Denn nach mehr als fünfzig Jahren ist natürlich die ein oder andere Erinnerung verblasst. Aber nicht nur die Briefe sind verloren gegangen, sonder auch deren überarbeitete Abschrift mit der Schreibmaschine. Ich habe diese damals an „pardon", geschickt, die in den zwanzig Jahren ihres Bestehen von 1962 bis 1982 führende deutsche Satirezeitschrift. Die Redaktion hat meinen Text zwar nicht angenommen, ihn aber immerhin einer ausführlichen Antwort für würdig befunden, die trotz der Absage anerkennende Worte enthielt. Auch dieses Schreiben ist nicht erhalten geblieben, sondern wahrscheinlich wie die Briefe Opfer der vielen Umzüge geworden. Sein Tenor jedenfalls war der, dass mein Witz nicht scharf genug sei, meine Kritik am Soldatentum und der Bundeswehr nicht radikal genug. Ein Beispiel ist mir in Erinnerung geblieben. An meinem Verständnis von Unimog als Abkürzung für „unmögliches Auto" (s. S. 23) hatten sie auszusetzen, dass dies die Art von Humor sei, der auch innerhalb der Bundeswehr gepflegt werde. Und den wollten sie nicht.

Bei aller Beklemmung, die mich während der Zeit in Bitche befallen hatte, soll nicht der Eindruck vermittelt werden, als wäre jeder einzelne Tag von morgens bis abends gleichermaßen deprimierend verlaufen. Es gab durchaus auch Lichtblicke, z. B. wenn wir abends Ausgang hatten und den Speiselokalen in dem nahen Städtchen einen Besuch abstatten konnten. Auch wenn vielleicht das Elsass für sein gutes Essen noch berühmter ist als das benachbarte Lothringen, haben uns diese Besuche für manches entschädigt. Für mich so Exotisches wie Froschschenkel oder Schnecken habe ich dort zum ersten Mal in meinem Leben gegessen.

Gelegentlich gab es sogar etwas zu lachen. In einer Kneipe nahe dem Truppenübungsplatz wurden wir Zeuge einer köstlichen Szene. Einer der Gäste war ein ziemlich angetrunkener Oberfeldwebel (nicht meiner!). Am Nachbartisch saß ein Grenadier. Plötzlich schob der Oberfeldwebel seine Achselschleifen, also Dienstgradabzeichen, auf die Achselklappen des Grenadiers. Gelächter an allen Tischen ringsum. Als sich längst wieder alle beruhigt hatten, baute sich der so unverhofft beförderte und auch nicht mehr ganz nüchterne Grenadier vor dem Oberfeldwebel auf, der sich soeben selbst degradiert hatte, und schrie ihn an:

„Achtung!"

Der Oberfeldwebel sprang auf und stand stramm. Der Gefreite brüllte:

„Deckung!"

Bauz, lag der Oberfeldwebel der Länge nach auf dem Boden des Lokals. Fast eine Köpenickade!

Positiv in Erinnerung geblieben ist mir auch der Ausflug unserer Kompanie mit dem Bus nach Strasbourg. Diese Stadt hat mich sehr beeindruckt, nicht nur das Münster, das Goethe dazu gebracht hat, sein Vorurteil gegenüber der Gotik zu revidieren. Das war mir damals schon bekannt, auch wenn ich seinen Aufsatz „Von deutscher Baukunst" von 1772 noch nicht gelesen hatte. Das Erlebnis von Strasbourg und ebenso die Abendessen in Bitche hätten sich natürlich in Zivil noch weitaus mehr genießen lassen als in Uniform.

5. Das Studium

5.1 Das erste Semester

Um beurteilen zu können, an welcher Universität welche Fakultäten wie gut besetzt sind, braucht es Erfahrung. Über die verfügt man jedoch erst nach Abschluss des Studiums, also dann, wenn es für einen selbst zu spät ist. Die Wahl des Studientortes trifft man also zumeist mehr oder weniger auf gut Glück oder nach anderen Kriterien als der Qualität des Lehrpersonals. Ich hatte mit meiner Entscheidung für Göttingen großes Glück. Allerdings war zu jener Zeit Tübingen, mein ursprünglich favorisierter Studienort, in Germanistik und evangelischer Theologie auch nicht schlecht besetzt. Meine Entscheidung für Göttingen hatte freilich noch einen praktischen Vorteil. Kurz vor Semesterbeginn war es außerordentlich schwer bis unmöglich, eine Studentenbude zu bekommen. Da ich vor Ort war, konnte ich schon zu Beginn der Semesterferien auf Suche gehen und war relativ schnell erfolgreich.

Dass die Straße, an deren Ende damals die Kaserne lag, ausgerechnet den Namen des Pazifisten Carl von Ossietzky trug, war von merkwürdiger Ironie. Dass ich am anderen Ende derselben Straße stadteinwärts ein Zimmer fand, war ein merkwürdiger Zufall. Schon bevor das Zimmer seine eigentliche

Funktion als Studentenbude erfüllte, verbrachte ich noch als Soldat nach Dienstschluss voller Stolz etliche Stunden darin. Ich lag auf dem Bett und habe gelesen oder saß am Schreibtisch und habe einen Brief geschrieben, zumeist an meine Freundin, die inzwischen im Knappschaftskrankenhaus in Dortmund-Brackel die Leitung der Physiotherapie übernommen hatte.

Als ich wieder einmal mein Zimmer betrat, lag dort ein Brief des Vermieters für mich auf dem Schreibtisch. Er enthielt die Kündigung des Zimmers pünktlich zum Semesterbeginn. Ich hielt mich nicht lange mit dem Schreiben auf, denn mir war sofort klar, dass dies ein Fall für meinen ältesten Bruder war, den Juristen. Der gab mir nach dem Wochenendurlaub einen Brief für den Vermieter mit, den ich diesem in den Briefkasten steckte. Ich habe meinen Bruder nicht gefragt, was er dem Herrn mitgeteilt hatte; es war jedenfalls äußerst wirkungsvoll. Als ich das nächste Mal mein Zimmer aufsuchen wollte, fing mich der Vermieter ab und bat mich in seine Wohnung. Er begegnete mir mit ausgesuchter Höflichkeit, erklärte die Kündigung für ein Missverständnis und versicherte mir, dass ich bei ihm so lange wohnen bleiben könne, wie ich wolle. Doch das wollte ich gar nicht mehr. Irgendwie empfand ich das Zimmer plötzlich als steril und ohne Atmosphäre, von dem penetranten Geruch des Ölofens ganz zu schweigen. Es war auch bezeichnend, dass ich zu der anderen Mieterin, eine hochnäsige Studentin mit eigenem

Auto, keinen Kontakt fand, der über ein „Guten Tag"
hinausging, wo ich sie doch als Studienanfänger gerne einiges gefragt hätte. Was ich da angemietet hatte,
war zwar für eine Studentenunterkunft recht komfor-
tabel, aber eine kalte Pracht, keine Studentenbude,
sondern ein Rückfall in meine Zeit als verwöhnter
Sprössling aus gutem Hause. Nach dem Semester
wollte ich da auf jeden Fall wieder raus.

Vor dem Umzug in eine neue Bleibe lagen zunächst jedoch das erste Semester und davor noch die
Immatrikulation. Steht man in einer Schlange von
Einschreibewilligen vor dem Verwaltungsgebäude
einer Universität, schmilzt das scheinbar mit dem
Abiturzeugnis erworbene Auserwähltheitsgefühl
schnell dahin angesichts der Erkenntnis, nur einer
von Hunderten zu sein. Allein die Matrikelnummer
481, die ich am 5. Oktober 1967 von der Georg Au-
gust Universität Göttingen erhielt, reichte zur Er-
nüchterung.

Meine erste Anschaffung als Student war das Vor-
lesungsverzeichnis für das Wintersemester 1967/68,
dessen Studium einen ratlos und verzweifelt zurück-
lassen konnte. Welche Vorlesungen sollte man hören,
welche Proseminare belegen? Eine Studienberatung,
wie sie heute als selbstverständlich gilt, wo sie aufgrund der weitgehenden Reglementierung und Ver-
schulung des Studiums kaum noch notwendig erscheint, gab es damals nicht, jedenfalls nicht in der
Germanistik. An der Freiheit der selbstbestimmten
Auswahl aus dem riesigen Angebot an Lehrveran-

staltungen im Bereich der Philologie habe ich einige scheitern sehen. Vorgeschrieben war lediglich eine Zwischenprüfung; wie man sich darauf vorbereitete, blieb einem weitgehend selbst überlassen.

Um möglichst schnell in die Lage zu kommen, meine Freundin heiraten zu können, habe ich das Studium der Germanistik und evangelischen Theologie mit dem Ziel begonnen, Realschullehrer zu werden. Obwohl ich dafür das Graecum nicht brauchte, riet mir der für die Betreuung von Lehramtsstudenten der Theologie zuständige Akademische Rat, trotzdem an dem Griechisch-Kurs teilzunehmen, um zumindest ein paar elementare Griechischkenntnisse zu erwerben.

Ich folgte seinem Rat und saß fortan jede Woche von Montag bis Freitag zu einer für Studenten ungewohnt frühen Morgenstunde im Griechisch-Kurs. Da ich es bald unsinnig fand, ohne Ziel an dem Kurs teilzunehmen, änderte ich meine Semesterplanung. Es wurde mir schnell klar, dass ich neben dem Griechisch-Kurs, wenn ich ihn ernsthaft betrieb, nicht mehr viel anderes belegen konnte. Von dem Proseminar „Mittelhochdeutsch für Realschullehrer", für das ich mich schon eingetragen hatte, meldete ich mich wieder ab. Ansonsten besuchte ich nur noch zwei Vorlesungen in Germanistik, eine über die deutsche Dichtung der Romantik und eine über den mittelalterlichen Dichter Wolfram von Eschenbach.

Trotz meines reduzierten Semesterprogramms hatte ich große Schwierigkeiten, im Griechisch-Kurs mitzukommen. In der ersten Stunde ging der Dozent kurz das griechische Alphabet durch, das mir außer den aus dem Mathematikunterricht bekannten Zeichen α, β, γ und π recht spanisch vorkam. Die anderen Kursteilnehmer besaßen ganz offensichtlich Vorkenntnisse. Bereits für den nächsten Tag mussten wir eine Reihe von Vokabeln lernen. Aber wie soll man Vokabeln lernen, die man nicht einmal lesen kann? Um mich herum saßen 17-jährige Erstsemester, die in den Genuss sogenannter Kurzschuljahre gekommen waren, die 16 statt 24 Monate dauerten und eingeführt worden waren, um das Schuljahr nach den großen Ferien im Sommer beginnen zu lassen und nicht mehr wie bis dahin nach den Osterferien. Mein Geist dagegen hatte beim Militär anderthalb Jahre lang brach gelegen, sodass mir das Lernen ausgesprochen schwer fiel. Bei Soldaten, auch als „Bürger in Uniform", ist Gehorsam mehr gefragt als selbstständiges Denken. Der Dozent musste ein rasantes Tempo vorlegen, weil bis zur Graecum-Prüfung nur das eine Semester und ein Zusatzkurs in den Semesterferien zur Verfügung standen, an dessen Ende wir die „Anabasis" von Xenophon gelesen haben. Dies Geschichtswerk gilt als übliche Anfangslektüre im Griechischen und ist in dieser Funktion Caesars „De bello Gallico" im Lateinischen vergleichbar.

Der Dozent hatte die unangenehme Angewohnheit, jeden Freitag eine Übungsklausur schreiben zu lassen. In der ersten hatte ich eine 4+, in der zweiten eine 4-, in der dritten eine 5+. Die Tendenz war unverkennbar. Ab der vierten Woche ereichte ich bis zum Ende des Semesters eine bemerkenswerte Konstanz, indem ich durchgehend die Note 6 erhielt. Gegen Ende des Ferienkurses nahm der Dozent mich beiseite und stellte mir die Frage, die aus seiner Sicht ja wohl nur rhetorisch gemeint sein konnte:

„Meinen Sie, dass es Sinn für Sie hat, an der Prüfung teilzunehmen?"

Ich antwortete ihm: „Ob das Sinn hat oder nicht, weiß ich nicht. Ich weiß nur, dass ich 25 Mark Prüfungsgebühren entrichten musste. Die sind so oder so futsch. Also kann ich es doch zumindest versuchen."

Die Wochen bis zur Prüfung waren die Hölle. Eine Kommilitonin aus dem Kurs, eine von den Siebzehnjährigen, die die gleichen Fächer wie ich studierte, nahm sich meiner aufopferungsvoll an. Sie bimste mit mir abwechselnd bei mir und bei ihr von morgens bis abends. Ohne längere Pausen hieß es: übersetzen, Vokabeln abfragen, wieder übersetzen und so weiter. Aufgrund meines optischen Gedächtnisses hätte ich bei jeder Vokabel genau die Stelle angeben können, auf der sie auf der Seite des Vokabelheftes stand, aber ihre Bedeutung wollte sich meinem dem Lernen entwöhnten Schädel einfach nicht einprägen.

Meine Kommilitonin hatte nicht nur eine Zwillingsschwester, sondern auch einen älteren Bruder, die beide ebenfalls in Göttingen Philologie studierten. Ihre Eltern waren, wen wundert's, Lehrer. Es gibt solche ausweglosen Fälle. Der Bruder gehörte einer Burschenschaft mit einem ausnehmend schönen Haus an. Er hatte mich schon wiederholt zu „keilen" versucht, wie das Anwerben neuer Mitglieder in der Sprache studentischer Verbindungen genannt wird. Ich war hin und wieder seiner Einladung in das Verbindungshaus gefolgt, bis ich meinte, mich besser nicht weiter dort sehen zu lassen, um nicht Gefahr zu laufen, als Mitglied betrachtet zu werden. Das ging schneller, als man dachte, auch ohne etwas unterschrieben zu haben. Mich erinnerte jedoch das Verbindungswesen zu sehr an das Militär, als dass ich daran hätte Gefallen finden können. Außerdem gab es ja noch eine ganze Reihe weiterer Burschenschaften und andere Studentenverbindungen in Göttingen, von denen man als Studienanfänger mit den gleichen Akquisitionsabsichten eingeladen wurde. Man konnte sich also mühe-, kosten- und gefahrlos durch das erste Semester saufen.

Am Samstag vor der Prüfung am nächsten Montag kam der Burschenschaftler gegen Abend zu seiner Schwester und erklärte unsere Prüfungsvorbereitungen für beendet. Wir gingen gemeinsam essen und danach in einer Kneipe noch das ein oder andere Bier trinken. Als der große Bruder meinte, dass es für die kleine Schwester genug sei, brachten wir sie nach Hause und zogen weiter. Irgendwann schloss auch das letzte Lokal, das „Dohlennest", eine kleine Kneipe, in die schon längst niemand mehr hineinpasste, als wir dort ankamen. Das Bier wurde auf einem Tablett über die Köpfe hinweg immer weiter nach hinten gereicht, bis es bei den Bestellern ankam. Für die Bezahlung wurde der gleiche Transportweg in umgekehrter Richtung genutzt.

Als wir endlich dem „Dohlennest" entkommen waren, wollte ich eigentlich nur noch ins Bett. Aber der Burschenschaftler, der übrigens später seiner Burschenschaft den Rücken gekehrt hat, kannte natürlich noch eine anzapfbare Bierquelle. Auf ihrem Haus, meinte er, sei auch in den Semesterferien immer ein Fass im Anstich. Es läge eh auf meinem Heimweg. Da könne man doch noch einen Absacker nehmen. Wenn es mal bei einem geblieben wäre! Wie ich in der Morgendämmerung den Weg in die Ossietzky Straße, ins Haus, ins Zimmer, ins Bett gefunden habe, liegt jenseits meines Erinnerungsvermögens. Verglichen mit dem Zustand in dieser Nacht war ich am Abend meines Abiturs nachgerade nüchtern.

Das Aufwachen am nächsten Mittag war, sagen wir mal, mit einer gewissen Beschwernis verbunden. Die Zugehfrau des Vermieters hatte mir einen Brief unter der Tür hindurchgeschoben. Er war von meiner Verlobten. Ich hätte ihn gerne gelesen, aber es ging nicht, die Zeilen verschwammen mir vor den Augen. Ich legte mich wieder hin, weil mir das in meinem Zustand die einzig stabile Lage zu sein schien. Am Nachmittag versuchte ich dann, meinen Magen mit schwarzem Tee und Zwieback zu versöhnen. Als ich mir am Abend mein Abendbrot bereitete, bei dem ich auf Bier verzichtete, ging es schon wieder einigermaßen. Trotzdem war dieser Sonntag für mich wie aus dem Kalender gestrichen. Das Gute daran war, dass ich nicht einen einzigen Gedanken an die Prüfung am nächsten Tag verschwendete; ich hatte mit mir genug zu tun.

Als ich mich am Montagmorgen auf den Weg zum Max-Planck-Gymnasium neben dem Deutschen Theater machte, wo die Prüfung stattfand und wo 26 Jahre später Benjamin von Stuckrad-Barre seine Abiturprüfung ablegte, fühlte ich mich wirklich prächtig. Mit der schriftlichen Prüfung war ich so leidlich zufrieden, ich glaubte jedenfalls nicht, sie verhauen zu haben. Der Austausch mit meiner Kommilitonin über die Prüfungsaufgabe bestärkte mich in meinem Gefühl.

Am nächsten Vormittag, Benjamin von Stuckrad-Barre war gerade zwei Jahre alt geworden und lebte noch nicht in Göttingen, verlief die mündliche Prüfung in doppelter Hinsicht ausgesprochen glücklich für mich. Zum einen war mir der neutestamentliche Prüfungstext nicht ganz unbekannt, zum anderen bekam ich eine ungewöhnlich lange Vorbereitungszeit, weil der Prüfling vor mir im Begriff stand, zum zweiten Mal und damit endgültig durchs Graecum zu fallen und man sich deshalb besonders viel Zeit mit ihm nahm. Nachdem ich den Text übersetzt hatte, ohne auf eine Schwierigkeit gestoßen zu sein und ihn mehrmals durchgegangen war, begann ich mich zu langweilen. Es ist mir klar, dass das ziemlich überheblich klingt, aber ich war mir meiner Sache einfach sicher. Das einzige, wovor ich Angst hatte, war, den Text vorlesen zu müssen. Denn damit hatte ich so meine Schwierigkeiten. Der Vorbereitungsraum, in dem ich saß, schien eine Schülerbibliothek zu sein, und ich versuchte mangels anderer Beschäftigungsmöglichkeiten, die Titel auf den Rücken der Bücher in den Regalen zu entziffern.

Als ich hereingerufen wurde und mit der Übersetzung des Textes begann, hätte man den Eindruck gewinnen können, ich läse einen Text auf Deutsch langsam vor. Die Prüfungskommission hatte nicht eine einzige Nachfrage, nur einer der Herren wollte wissen:

„Und wie steht es mit dem Lesen?"

„Gern", sagte ich, „kein Problem." Dann die Erlösung:

„Ach, lassen wir das, es war ja soweit alles in Ordnung."

Der Dozent unseres Griechisch-Kurses, der nicht sein erster, wohl aber sein letzter gewesen war, da er im Begriff stand, eine Stelle als Kulturattaché an der deutschen Botschaft in Athen anzutreten, war als stummer Gast bei der Prüfung zugegen. Als ich den Raum verließ, verfolgte er mich mit einem Blick, bei dem man unweigerlich an die Redewendung „Er guckt wie ein Auto" denken musste. Wirklich nobel fand ich dann, dass er mir bei der Abschlussfeier unseres Kurses in einem der besseren Göttinger Lokale als Zeichen seiner Anerkennung eine Flasche Wein spendierte. Dass ich ein ausgesprochener Biertrinker war, konnte er ja nicht wissen. Das einzig Betrübliche an diesem Abend war das ungerecht schlechte Abschneiden meiner Kommilitonin, der allein ich doch meinen Erfolg zu verdanken hatte, die aber, wie man so sagt, kein Prüfungsmensch war. Während ich das Schriftliche mit einer Drei und das Mündliche mit einer glatten Eins, mein Graecum also insgesamt mit der Note „gut" bestanden hatte, musste sie sich, die zigmal mehr Griechisch konnte als ich, mit einer Drei zufrieden geben. So ungerecht ging es zu in der Welt. Ich wäre sofort zu einem Notentausch bereit gewesen.

Dem aufmerksamen Leser dürfte nicht entgangen sein, dass ich, als zuletzt von ihr die Rede war, nicht von meiner Freundin, sondern von meiner Verlobten gesprochen habe. Das war weder ein Irrtum noch ein Vorgriff. Wir hatten uns tatsächlich an Silvester 1967 verlobt. Im Gegensatz zu meiner Schwiegermutter in spe, die wohl befürchtete, dass der lustige Student im fernen Göttingen ihrer Tochter abtrünnig werden könnte, war meine Familie von diesem Schritt nicht gerade begeistert. Ihre Befürchtung richtete sich darauf, dass er einen ungünstigen Einfluss auf den Fortgang meines Studiums nehmen könnte. Sie war aber trotzdem bereit, die Verlobungsfeier auszurichten. Beide Befürchtungen haben sich übrigens als unbegründet erwiesen. Wir sind immer noch zusammen, und wer wie ich nach neun Semestern ein kombiniertes Germanistik- und Theologiestudium erfolgreich mit dem Staatsexamen abschließt, kann nicht gebummelt haben.

Am Nachmittag vor der abendlichen Feier sind wir zum Tausch von Ringen, Küssen und Geschenken – für mich die Hamburger Goethe Ausgabe, für sie eine Perlenkette aus Opas Laden – zur Schulenburg gefahren, einem bei Wittenern beliebten Ausflugslokal im benachbarten Hattingen. Dass wir auf der Straße, die zu dem Lokal führt, sowohl an meiner zukünftigen Wirkungsstätte als auch unserer zukünftigen Wohnung vorbeifuhren, konnten wir an jenem Sivestertag beim besten Willen nicht ahnen. Als wir nach einem kurzen Waldspaziergang das Lokal betraten, hatte ich das Gefühl, dass alle Ober auf meinen blitzblanken Verlobungsring starrten, den ich heute noch an meiner Hand trage, jetzt an der rechten.

Die abendliche Verlobungs- und Silvesterfeier einschließlich des Feuerwerks hätte man durchaus als ein gelungenes Fest bezeichnen können, wenn sie nicht ein so übles Nachspiel gehabt hätte, das alle Gäste und auch das Brautpaar die halbe Nacht auf der Toilette zuzubringen zwang. Dass Teile des kalten Buffets, das von einem renommierten Wittener Gastronom geliefert worden war, verdorben gewesen sein müssen, war eine naheliegende Vermutung, zumal die Speisen relativ früh angeliefert worden waren und dann viel zu lange in einem für deren Aufbewahrung viel zu warmen Raum gestanden hatten. Mein ältester Bruder fasste die Bewertung der

Feier bündig in dem Satz zusammen: „Die Verlobung war zum Kotzen." Er war ja von Anfang an dagegen gewesen.

5.2 Die Studentenbewegung

Wer wie ich im Wintersemester 1967/68 in Göttingen sein Studium begonnen hat, für den war es unmöglich, von der Studentenbewegung nicht erfasst zu werden.

Die erste Bekanntschaft mit linkem Gedankengut im weitesten Sinn vermittelte mir der Kommilitone und Pastorensohn Hartmut, mit dem ich ab dem zweiten Semester unter einem Dach wohnte. In seinem Zimmer spielte er mir eine Schallplatte mit Liedern von Franz Josef Degenhardt vor. Hier hörte ich das erste Mal von „Väterchen Franz" und von den „Schmuddelkindern", die später wiederholt Gegenstand meines Unterrichts wurden, zum ersten Mal in der Examenslehrprobe.

Als dann ein Gastspiel von Degenhardt in Göttingen angekündigt wurde, besorgte ich mir sogleich eine Karte. Er sollte im „Jungen Theater" auftreten, das es heute noch gibt, allerdings nicht mehr an seinem damaligen Standort neben der historischen Sternwarte in der Geismarlandstraße. In dieses Theater bin ich genauso gern und häufig gegangen wie in das etablierte Deutsche Theater. Ich habe dort zum Beispiel Peter Handkes „Publikumsbeschimpfung" miterlebt, knapp ein Jahr nach der Uraufführung dieses Stücks durch Klaus Peymann 1966 in Frankfurt, von dem es in den Jahren davor Inszenierungen auch am „Jungen Theater" gegeben hat. Degenhardts Gastspiel fand dort allerdings nicht statt.

Es traf sich nämlich, dass der Tag seines geplanten Auftritts mit der Auszählung der Stimmen aus der Studentenratswahl zusammenfiel. Der SDS (Sozialistischer Deutscher Studentenbund), der diese Wahlen zum ersten Mal dominierte, konnte Degenhardt dazu bewegen, statt im Theater doch lieber in der alten Mensa aufzutreten und aus Solidarität die Auszählung musikalisch zu begleiten. Als ich von diesem Ortswechsel erfuhr, eilte ich zur alten Mensa am Wilhelmsplatz, wo ich natürlich zu spät ankam. Degenhardt stürmte bereits wieder heraus und hätte mich beinah umgerannt, obwohl er fast einen Kopf kleiner war als ich. Ob er sich seinen Auftritt doch anders vorgestellt hatte? Meine Eintrittskarte jedenfalls wurde mir vom „Jungen Theater" anstandslos erstattet

Auf die Vielschichtigkeit und Komplexität der Studentenbewegung habe bereits an anderer Stelle hingewiesen (s. S. 38 f). Als Besonderheit kam in Göttingen hinzu, dass die Bewegung hier auf eine eher konservative bürgerliche Gesellschaft traf. Auch das Erscheinungsbild der Studentenschaft wurde bis dahin von den nicht gerade als gesellschaftlich progressiv bekannten Burschenschaften und Corps bestimmt. Trotzdem machte man es sich zu einfach, einen generellen Gegensatz zwischen Bürgern und Burschenschaften auf der einen Seite und den protestierenden Studenten auf der anderen Seite zu konstruieren. Gegen den vom Rat der Stadt Göttingen beschlossenen Abriss eines der letzten Barocken Reitställe in Deutschland haben alle Gruppen gemeinsam protestiert. Die Studenten der Kunstgeschichte leisteten freilich besonders erbitterten Widerstand. Die letzten von ihnen wurden mit Hilfe eines Krans vom Dach des Gebäudes geholt, auf dem sie sich verschanzt hatten. Die offizielle Begründung der Stadt für diese kulturelle Barbarei war die angebliche Parkplatznot in der Innenstadt. Doch nicht einmal dieser fadenscheinige Rechtfertigungsgrund entsprach der Wahrheit. Als ich einige Jahre später wieder einmal nach Göttingen kam, stand an der Stelle ein Kaufhaus von Hertie. Wenn Bürger von der Kommunalpolitik derart schamlos belogen werden, braucht sich niemand zu wundern, wenn die Zustimmung zu einer solchen Politik verlorengeht.

Einerseits richtete sich der Kampf der Studenten um mehr Mitbestimmung natürlich gegen die Selbstherrlichkeit der Ordinarien, unter der im Übrigen deren Assistenten noch mehr zu leiden hatten als die Studenten. Andererseits haben Professoren mit uns gemeinsam gegen die 1968 verabschiedeten Notstandsgesetze demonstriert, mit denen sich das Parlament selbst entmachtete. Ich erinnere mich, dass neben mir einer der weit über den Bereich der Universität hinaus bekannten Erziehungswissenschaftler marschierte, Hartmut von Hentig, und wir uns angeregt unterhalten haben. Sein Name bleibt sowohl mit der von ihm 1968 in Bielefeld gegründeten „Laborschule" verbunden als auch mit dem sexuellen Missbrauchsskandal seines Lebensgefährten Gerold Becker an der von diesem geleiteten Odenwaldschule.

Gewiss sind auch linke und rechte Studentengruppen unterschiedlicher Provenienz gelegentlich aneinander geraten. Davon, dass dies der Fall gewesen sein soll, als Rudi Dutschke Göttingen einen Besuch abstattete, habe ich allerdings nichts gemerkt, sondern erst im Nachhinein aus dem „Göttinger Tageblatt" erfahren. Mir selbst ist nur meine Verwunderung über Dutschkes Fistelstimme in Erinnerung geblieben, mit der er aber gleichwohl seine Zuhörer in Bann zu schlagen verstand.

Die Auseinandersetzungen innerhalb der Studentenschaft nahmen in dem Maße zu, in dem der SDS sich radikalisierte. Hatte er bis dahin als studentische Organisation der SPD gegolten, entzog diese ihm als Reaktion auf diese Radikalisierung ihr Wohlwollen und ihre Unterstützung. Dabei gab es durchaus noch weiter links angesiedelte, eindeutig kommunistische Gruppierungen mit ausgesprochen autoritären Strukturen wie etwa die Spartakisten, die diesen Namen allerdings erst seit 1971 führten. Diese Gruppierungen gingen strategisch äußerst gewieft vor. In Studentenversammlungen tauschten sie ihre Kader, sobald diese Müdigkeitserscheinungen zeigten, gegen frische aus. Abstimmungen verzögerten sie durch endlose Anträge zur Geschäftsordnung so lange, bis alle anderen vor Müdigkeit das Geschehen kaum noch verfolgen konnten. Auf diese Weise schafften sie es, Entscheidungen in ihrem Sinne durchzusetzen. Alle anderen rieben sich am nächsten Tag erstaunt die Augen, was da beschlossen worden war.

Die Auseinandersetzungen um die notwendigen strukturellen Reformen des Universitätsbetriebs wurden mit unterschiedlichen Mitteln geführt. Die Vorlesung als traditionelle akademische Lehrveranstaltung bekämpfte man etwa mit verbalen Attacken wie dem polemischen Diktum „Eine Predigt in der Woche reicht". Damit war die am Sonntag in der Kirche gemeint, die von den Autoren dieses Spruchs wohl eher nicht besucht wurde. Entlarvend war eine Aktion, bei der vor Beginn der Vorlesung auf die Stühle hektographierte Blätter gelegt worden waren, auf denen die Mitschrift der Vorlesung zu lesen stand, die die Studenten an diesem Tag zu hören bekommen sollten. Damit ließ sich belegen, dass der Professor diese Vorlesung schon mindestens einmal gehalten und für das laufende Semester aus der Schublade geholt hatte. Da fragt man sich schon, warum er die Vorlesung nicht längst veröffentlicht hat.

Eine noch krassere Bloßstellung dieser Art habe ich einige Semester später an der Ruhruniversität Bochum miterlebt. Da stieg während einer Vorlesung in einem Hörsaal mit steil ansteigenden Sitzreihen von ziemlich weit oben ein Student nicht gerade sanften Schrittes die Stufen hinunter auf den Ausgang zu. Der Professor fühlte sich offensichtlich gestört, unterbrach seinen Vortrag und fragte den Studenten:

„Können Sie mir sagen, warum Sie mitten in der Vorlesung hier heruntergetrampelt kommen?"

„Das kann ich Ihnen gerne sagen", antwortete der Angesprochene. „Ich setze mich jetzt oben in die Bibliothek und lese in Ruhe die Vorlesung in Ihrem Buch weiter."

Das war gleichermaßen peinlich wie dekuvrierend.

Von ganz anderer Qualität waren die Versuche, Vorlesungen ohne Zustimmung der Hörer zu stören, zu verhindern oder umzufunktionieren und dabei zum Teil sogar physische Gewalt einzusetzen, wie ich es in der Paulinerkirche erlebt habe, der zu dem größten Hör- und Vortragssaal der Göttinger Universität umgebauten Kirche hinter der Universitätsbibliothek. Man hatte ihr eine Zwischendecke eingezogen und unten die Garderoben, oben die Bestuhlung eingerichtet. Wo in einer Kirche der Altar steht, befand sich hier die Kanzel für den Redner, der sich nur mit Hilfe eines Mikrofons Gehör verschaffen konnte. Als der Professor an diesem Tag seinen Platz einnehmen wollte, wurde er von mehreren Studenten weggedrängt. Sie entrissen ihm das Mikrofon und verkündeten, was sie anstelle der Vorlesung zu veranstalten gedachten. Ich weiß nicht mehr, was es war. Ich hätte lieber die Vorlesung gehört

5.3 Studienfreunde

Im Verlauf der fünf Semester in Göttingen freundete ich mich mit einer Reihe von Kommilitonen an. Zuerst mit Hartmut, der mir die Lieder von Franz Josef Degenhardt nahegebracht hat. Er studierte die gleichen Fächer wie ich und stammte aus einem Dorf in der Nähe von Göttingen, in dem sein Vater als Gemeindepfarrer tätig war. Schon bald war ich an Wochenenden in dem Pfarrhaus ein häufiger und gern gesehener Gast. Den zweistündigen Fußmarsch nahm ich bei gutem Wetter gern auf mich. Nachdem der Kontakt zu dem Pfarrer und seiner Familie mit drei Kindern enger geworden war, bat dieser mich eines Tages in sein Amtszimmer, um mir vertraulich mitzuteilen, dass Hartmut vor knapp einem Jahr wohl aus unglücklicher Liebe einen gottlob gescheiterten Selbstmordversuch unternommen habe. Irgendwie erinnerte mich die Situation an Goethes „Werther". Allerdings hatte sich mein Freund nicht zu erschießen versucht, sondern war mit dem Auto gegen einen Brückenpfeiler gerast und hatte sich dabei schwer verletzt. Der Aufprall hatte auch an dem Pfeiler noch immer sichtbare Spuren hinterlassen. Der Pfarrer nahm mir nun das Versprechen ab, mich ein wenig um ihren psychisch noch nicht wieder völlig stabilen Sohn zu kümmern. Er meinte beobachtet zu haben, dass dieser Vertrauen zu mir gefasst habe und ich einen positiven Einfluss auf ihn ausübe.

Für die Einlösung meines Versprechens kam mir ein einzigartiger Zufall zu Hilfe, durch den sich obendrein mein Umzugsplan verwirklichen ließ. In dem Haus einer Witwe, die drei Zimmer ihrer Wohnung an Studenten vermietete, von denen mein Freund eins bewohnte, wurde ein zweites frei und schien förmlich darauf zu warten, von mir bezogen zu werden. Ich wechselte also von der Ossietzky Straße in den Hainholzweg und in eine typische Studentenbude mit einer verplüschten Einrichtung, die vermutlich noch aus der Vorkriegszeit stammte, und einer für die damalige Zeit typischen Zimmerwirtin. Das hieß: keine gemischte Belegung der Zimmer, kein Damenbesuch nach 22 Uhr. Dafür teilte sie ihr Badezimmer und ihren Kühlschrank mit ihren Mietern. Außerdem war der Mietpreis mit 80 DM im Monat selbst für damalige Verhältnisse äußerst günstig.

Als eine Gesetzesreform mit Wirkung zum 1. April 1970 den sogenannten Kuppeleiparagrafen praktisch abschaffte, fragte mich unsere Wirtin, ob das irgendeine Bedeutung für sie habe. Ich erklärte ihr, dass Sie sich nicht mehr strafbar mache, wenn sie Damenbesuch über 22 Uhr hinaus gestatte, nicht einmal dann, wenn dieser über Nacht bliebe, jedenfalls solange ihre Mieter das 16. Lebensjahr vollendet hätten. Sie hörte sich meine Ausführungen geduldig an, nickte dazu hin und wieder zustimmend und sagte, nachdem ich geendet hatte:

„In meinen Betten nicht!", wobei sie die drei betonten Silben in ihrer lapidaren Aussage durch das Aufstampfen ihres Krückstockes im jambischen Rhythmus wirkungsvoll unterstützte.

Auch bei Verlobten machte sie da keine Ausnahme. Wenn die meinige mich übers Wochenende besuchen kam, mussten wir uns ein Hotelzimmer nehmen. Selbst das zu bekommen, war ohne Trauschein damals noch keine Selbstverständlichkeit. Wenn ich nicht in meinem Zimmer übernachtete, obwohl ich nicht nach Hause gefahren war, versetzte dies meine Wirtin in Unruhe. Meinem Freund gegenüber äußerte sie sich geradezu besorgt, da ich ja nicht einmal meine Zahnbürste dabei hätte, was in ihren Augen offenbar eine auswärtige Übernachtung ausschloss. Trotzdem habe ich mich im Hainholzweg ausgesprochen wohl gefühlt und mein Zimmer erst aufgegeben, als ich von Göttingen an die Ruhruniversität Bochum wechselte.

Da ich nach dem so glücklich bestandenen Graecum jetzt das Lehramt an Gymnasien anstrebte, musste ich für die Zwischenprüfung in der sogenannten alten Abteilung der Germanistik drei Proseminare erfolgreich absolvieren: eins in Gotisch, eins in Althochdeutsch und eins in Mittelhochdeutsch. Im ersten Semester hatte ich darauf verzichtet, neben dem Griechisch-Kurs noch den Einführungskurs ins Gotische zu belegen. Das Gotische stellt keine unmittelbare Vorstufe des Deutschen dar und muss im Grunde wie eine Fremdsprache erlernt werden. Das musste ich nun im zweiten Semester nachholen und mich im dritten mit Althochdeutsch abquälen, das mit dem heutigen Deutsch auch noch nicht allzu viel zu tun hat und eine ganz eigene Grammatik besitzt.

Nach dem Griechischen und dem Gotischen stand ich beim Althochdeutschen, der quasi dritten Fremdsprache im dritten Semester, kurz davor aufzugeben. Wie beim Griechisch-Kurs fand sich jedoch wieder jemand, der sich meiner annahm, mit mir paukte und mich tatsächlich dazu brachte durchzuhalten. Mit Winnie war ich wieder an einen Zwilling geraten. Er bewohnte ein Zimmer in einem Studentenwohnheim. Wenn wir bei ihm büffelten, nutzte ich die Gelegenheit, unter eine der Etagenduschen zu gehen. In der Wohnung meiner Wirtin gab es nur eine Badewanne, die ich in den zwei Jahren meines Aufenthalts dort nur ein einziges Mal benutzen durfte.

Sein Zwillingsbruder Christian hatte noch nicht mit dem Studium begonnen, da er über die Wehrpflicht hinaus ein Jahr länger bei der Bundeswehr geblieben war. Danach wollte auch er in Göttingen Germanistik studieren. Deshalb ging Winnie für ihn auf Zimmersuche. Es fügte sich, dass genau zu diesem Zeitpunkt das dritte Zimmer bei meiner Wirtin frei wurde und er dort einziehen konnte. Auch wir freundeten uns schnell an. Mit den beiden, die aus Norden in Ostfriesland stammten, und ihren Freundinnen und späteren Frauen, die zusammen mit ihnen in Göttingen studierten, sind wir bis heute freundschaftlich verbunden, haben uns wiederholt gegenseitig besucht und versuchen, uns einmal im Jahr zu treffen, das letzte Mal in Göttingen. Zudem ist Christian Pate unseres zweiten Sohns geworden.

Wer die drei Pflichtkurse in der alten Abteilung in den ersten drei Semestern absolviert hatte, meldete sich in der Regel danach zur Zwischenprüfung an. In der alten Abteilung konnte ich das nicht, da mir ja da noch das mittelhochdeutsche Seminar fehlte. Es in der neuen Abteilung nach nur zwei Proseminaren zu versuchen, war mutig, vielleicht sogar etwas überheblich. Immerhin hatte ich die beiden bei demselben Dozenten absolviert und gute Noten erhalten. Am Ende des ersten wurde eine Klausur geschrieben, die viele als so schwierig empfanden, dass sie nach kurzer Zeit ausstiegen, während ich für meine eine Eins erhielt. Die Hausarbeit für das zweite Seminar benotete der Dozent mit 2+. Da fühlte ich mich stark genug, um zur Zwischenprüfung anzutreten und war nicht nur erfolgreich, sondern hatte wahrscheinlich sogar recht gut abgeschnitten. Das schloss ich daraus, dass der Dozent mich in seine Sprechstunde zu kommen bat, was recht ungewöhnlich war. Er wollte von mir wissen, wie ich mich auf die Prüfung vorbereitet hätte. Dass meine Vorbereitung im wesentlichen aus seinen zwei Proseminaren bestanden hatte, dürfte er nicht ungern gehört haben. Außerdem hatte ich wahrscheinlich noch das Glück, dass in jenem Semester zufällig dieser Dozent die Prüfungsaufgaben zusammengestellt hatte.

Ein Jahr, nachdem ich von Göttingen nach Bochum gewechselt war, verließ auch dieser Dozent Göttingen, um an der 1971 in Kassel gegründeten Universität einen Lehrstuhl für neuere Germanistik zu übernehmen. Als ich ihn etliche Jahre später als wohlbestallter Studienrat dort aufsuchte, erinnerte er sich erstaunlicherweise noch an mich und war nach Durchsicht meiner beiden Examensarbeiten bereit, mein Doktorvater zu werden und eine Dissertation von mir zu betreuen. Ende 1978, als er bereits an die Hochschule St. Gallen gewechselt und damit in seine Schweizer Heimat zurückgekehrt war, wurde ich in Kassel zum Dr. phil. promoviert.

5.4 Der wechselfreudige Erich

Der Kommilitone, mit dem ich am häufigsten zusammen war, sogar noch über die Göttinger Zeit hinaus, hieß Erich und stammte aus Bremerhaven. Ich weiß nicht, was die Frauen an ihm fanden, aber er hatte Erfolg bei ihnen, was ihn veranlasste, dies immer aufs Neue an wechselnden Objekten zu erproben. Zu einer seiner Verflossenen hielt der Kontakt länger als zu ihm.

Von Wechseln geprägt war auch die Wahl seiner Behausungen. Nur für die Wintersemester leistete er sich ein Zimmer mit Heizung, in den Sommermonaten verzichtete er darauf und auch auf weiteren in seinen Augen überflüssigen Luxus. Denn er war im-

mer knapp bei Kasse. Obwohl sein Vater als Amts-
arzt gewiss nicht schlecht verdiente, hielt er seinen
Sprössling finanziell recht kurz. Der schaffte es, sich
einen ganzen Monat ausschließlich von Spaghetti mit
Tomatensoße zu ernähren, und wenn gegen Ende des
Monats Geld und Tomatensoße ausgingen, eben von
Spaghetti ohne Soße. Da naturgemäß kleine Zimmer
billiger sind als große, bevorzugte er kleine Zimmer.
Eins war so eng geschnitten, dass er zum Schreiben
das Fenster öffnen musste, um Platz für seinen Ellbo-
gen zu haben. Das war selbstverständlich ein Som-
mersemesterzimmer.

In einem Zimmer hielt er es etwas länger aus, obwohl es eigentlich auch nur ein Sommersemester-
zimmer war. Das mag an der reizvollen Aussicht in
den Garten des Hauses gelegen haben, in dem im
Sommer seine Wirtin Sonnenbäder oben ohne zu
nehmen pflegte. Auch ich durfte bei Besuchen gelegentlich den Blick auf den makellosen Busen genießen. Noch bemerkenswerter an diesem Zimmer war
sein Balkon, den man betrat, sobald man das Zimmer
mit einem Schritt durchmessen hatte. Erich arbeitete,
las, schrieb, aß, ja, er lebte recht eigentlich auf dem
überdachten Balkon. Dort stand auch ein Schränk-
chen, in dem er alle wichtigen Dinge und seine Le-
bensmittel aufbewahrte. Das Zimmer, das gerade so
breit war, dass an der eine Seite ein Bett und an der
anderen ein Kleiderschrank Platz fanden, nutze er
nur zum Schlafen. Im Winter saß er in mehrere De-
cken gehüllt auf seinem von einer Heizsonne nur

mäßig erwärmten Balkon, starrte in den verwaisten und verschneiten Garten und wartete auf den Sommer.

Als Erich und ich eines Nachts nicht mehr ganz nüchtern aus der Kneipe auf die Straße traten, türmte sich dort der Sperrmüll, der am nächsten Morgen abgeholt werden sollte. Aus dem, was so geringschätzig als Sperrmüll bezeichnet wird, haben sich nicht nur Studenten ihre Zimmereinrichtung zusammengesucht. Wenn man den Blick dafür hatte, ließen sich da wahre Schätze bergen. Ständig entdeckte ich etwas Mitnehmenswertes, wenn ich spät aus einer Kneipe kam, etwa eine Plastikfahne, die ein Fischgeschäft einzuholen versäumt hatte. Es war die Aufschrift, die mich veranlasste, sie einzustecken: „Täglich frischer Backfisch zum Mitnehmen". Offenbar kannte man in Niedersachsen die doppelte Bedeutung des Wortes „Backfisch" nicht. Eigentlich hätte die Fahne besser zu Erich gepasst. An jenem Sommerabend fiel mein Blick auf ein Ungetüm von Sessel, dem man seine Bequemlichkeit förmlich ansah.

„Schau mal, Erich. Du hast so ein schönes Zimmer, aber was dir fehlt, ist so ein Sessel wie der da."

„Meinst du nicht, dass der ein bisschen groß ist für mein Zimmer?"

„Ach was, genau richtig. Und dann hast du auch noch den Balkon."

„Also gut, wenn du meinst."

Wir schnappten uns den Oschi und machten uns auf den Weg zu Erichs Bude. Blöderweise ging es immer nur bergan, und wir merkten bald, dass Gemütlichkeit ihr Gewicht hat. In immer kürzeren Abständen mussten wir das Möbel für eine Weile absetzen. Als wir an die Kreuzung kamen, in deren Mitte auf einer Verkehrsinsel ein niedriges kreisrundes Mäuerchen einen Baum umschloss, hielten wir es an der Zeit, eine etwas längere Rast einzulegen. Wir quetschten uns beide in den Sessel und legten die Beine auf dem Mäuerchen ab. Jetzt ein Bier, dachte ich, das wär's. Und da ich immer sage, was ich denke, sagte ich:

„Jetzt ein Bier, das wär's."

Auch ohne Bierflasche am Mund zogen wir die Aufmerksamkeit einiger Autofahrer auf uns und hätten mit unserem Anblick fast einen Verkehrsunfall provoziert.

Jetzt kamen Erich plötzlich Bedenken.

„Wie sollen wir das Ding eigentlich, ohne einen Riesenlärm zu veranstalten, die enge Treppe hoch in mein Zimmer kriegen, und ohne meine Wirtin aufzuwecken?"

Ganz davon abgesehen, dass das Ding auch am Tag niemals in sein Zimmer gepasst hätte, hatte er mit seiner Befürchtung natürlich recht. Während er sich um die Nachtruhe seiner Wirtin sorgte, fragte ich mich, ob sie nicht nur oben ohne Sonnenbäder nahm, sondern vielleicht auch oben ohne schlief.

Verzichten wollten wir auf den Sessel trotzdem nicht. Beim Weitergehen fiel mein Blick auf eine Telefonzelle und mir die Lösung unseres Problems ein. Mit Mühe bugsierten wir das Teil so in die Telefonzelle, dass man bequem im Sitzen telefonieren konnte. Ich habe es ausprobiert, mich hineingesetzt, den Hörer von der Gabel genommen und ans Ohr gehalten. Perfekt! Einem älteren Ehepaar, das zu dieser Zeit eigentlich nicht mehr auf die Straße gehörte, versuchten wir weiszumachen, dass jetzt alle Telefonzellen in Göttingen so ausgerüstet würden. Irgendwie hatte ich das Gefühl, sie glaubten uns nicht. Jedenfalls hatten wir unseren Sessel für die Nacht in Sicherheit gebracht. Wir verabredeten uns für zehn Uhr am nächsten Morgen, um unsere Beute heim zu holen.

Wir kamen gerade noch rechtzeitig bei der Telefonzelle an, um den Sperrmüllwagen abfahren zu sehen. Ganz oben auf seiner Ladefläche thronte unser Sessel. Wir liefen und riefen hinter ihm her: vergebens, unserem auf Nimmerwiedersehen entschwindenden kostbaren Beutestück konnten wir nur noch wehmütige Blicke hinterherschicken. Wenn da mal nicht das alte Ehrepaar zum Verräter an uns geworden war!

Die Kneipe, aus der wir am Vorabend gekommen waren, gehörte nicht zu den einschlägigen Studentenkneipen, gegen die wir beide eine Abneigung hegten. Wir hatten ein Lokal zu unserer Stammkneipe erkoren, das hauptsächlich von Göttinger Bürgern mittleren Alters besucht wurde, die uns zunächst argwöhnisch beäugten. Nach einiger Zeit waren wir zumindest gelitten, wohl nicht zuletzt deshalb, weil wir über unseren kleinen Kreis hinaus keine weiteren Studenten nachzogen. Zu der Wirtin, einer älteren Dame, entwickelte sich mit der Zeit ein geradezu vertrautes Verhältnis, was vor allem darin zum Ausdruck kam, dass sie von uns irgendwann nur noch mit ihrem Vornamen angeredet werden wollte. Luzie liebte den damals äußerst populären Heintje über alles, den holländischen Schlagersänger im Kindesalter. Als wir ihr zu ihrem Geburtstag eine Schallplatte mit seinem Erfolgssong „Mama" schenkten, schloss sie uns für immer in ihr Herz.

Ein Problem bestand allerdings darin, dass Luzie sich selbst mehr ein- als ihren Gästen ausschenkte. Wenn sie zuviel intus hatte, mussten zwei von uns sie nach oben in ihre Wohnung über der Kneipe und ins Bett bringen. Wir übernahmen dann den Ausschank, rechneten jedes Bier und alle anderen Getränke korrekt ab, auch unsere eigenen, sperrten zu und warfen den Schlüssel in ihren Briefkasten.

Ein wenig lästig an der Kneipe war, dass man, um zur Toilette zu gelangen, das Lokal verlassen, durch den langen Gang zum Hinterausgang hinaus und in einen Anbau hinein musste. Zwischen dem Hinterausgang und dem Anbau ging man ein Stück im Freien an einer im Sommer dicht mit Heckenrosen bewachsenen Mauer entlang. Als ich einmal meine Verlobte nicht in die von ihr geschätzte Badische

Weinstube, sondern in unsere Kneipe führte, von der sie nicht gerade angetan war, überreichte ich ihr jedes Mal, wenn ich von der Toilette kam, eine frisch gepflückte Rose. Als wir gingen, hatte sie einen hübschen Strauß zusammen, der sie allerdings nicht dazu bewegen konnte, ihr Urteil über unsere Stammkneipe zu revidieren.

Nachdem Erich wieder einmal Freundin und Zimmer gewechselt hatte, mochte seine neue Flamme Elke, die bei der Göttinger Sparkasse beschäftigt war und mit Erich zusammen eine richtige kleine Wohnung in der Altstadt, ganz in der Nähe unserer Kneipe gemietet hatte, vielleicht eben aufgrund dieser Nähe nicht jeden Abend bei Luzie verbringen. So machten wir eines Abends einen von uns allen bitter bereuten Abstecher in ein uns bis dahin vollkommen unbekanntes Lokal.

Mir war zwar ziemlich schnell aufgefallen, dass ein Kerl an der Theke sich häufig zu unserer weiblichen Begleitung umblickte, dachte mir aber nichts Böses dabei. Dass Männer sich nach Frauen umsehen, ist ja nichts Ungewöhnliches. Selbst als uns dieser Kerl ein Bier spendierte, sahen wir darin eine nette Geste und ein Kompliment für Erichs Frauengeschmack, der übrigens nicht der meine war. Erst als wir nach diesem Bier – es war erst das dritte an diesem Abend – buchstäblich vom Stuhl kippten und kaum wieder auf die Beine kamen, merkten wir, dass mit dem Bier etwas nicht gestimmt haben konnte. Elke hatte, wie sie uns am nächsten Tag gestand, beobachtet, dass unser vermeintlicher Wohltäter zwei Schnäpse in unsere Biere geschüttet hatte. Warum sie uns nicht vor dem Trinken gewarnt hatte, blieb ihr Geheimnis. Schöne Frauen müssen nicht zwangsläufig zugleich helle sein. Immerhin war Elke helle genug, die Absicht hinter dem hinterhältigen Manöver dieses Mistkerls zu durchschauen, und kräftig genug, diese zu vereiteln.

Mit einer Entschlossenheit, die jeden Gedanken an eine unerwünschte Annäherung im Keime erstickte, fasste sie Erich mit dem rechten, mich mit dem linken Arm um die Taille, und in dieser Formation verließen wir drei das Lokal. Sie musste sie bis zu ihrer gemeinsamen Wohnung durchhalten, wollte sie nicht riskieren, dass wir auf dem Pflaster landeten. Obendrein mussten sie mich wohl oder übel auf ihrem Sofa nächtigen lassen.

Eine Wechselneigung zeigte Erich nicht nur bei Frauen und Buden, sondern auch bei seinen Studienfächern. Die Konstante war die Germanistik, das Beifach wechselte. Zunächst war es die Anglistik, bis er bei der Sprachprüfung durchfiel. Er wechselte zur Geschichte, bis er merkte, dass für das Studium der neueren Geschichte Sprachkenntnisse nicht nur in Englisch, sondern auch Französisch vorausgesetzt und überprüft wurden. Da er ein humanistisches Gymnasium besucht hatte, war es bei ihm mit den modernen Fremdsprachen nicht weit her. Dafür hatte er Latein und Griechisch gelernt, was ihn, wie er irgendwann überzeugt war, dafür prädestinierte, als zweites Fach Theologie zu studieren. Das Problem war nur, dass Erich katholisch war und katholische Theologie in Göttingen nicht angeboten wurde, wohl aber in Bochum. So kam es, dass Erich noch ein Semester vor mir an die Ruhr-Universität wechselte.

Da er zunächst in Bochum und Umgebung kein Zimmer fand, bot ich ihm als kurzfristige Übergangslösung mein Zimmer in unserer Wohnung in Witten an. Von dort konnte man mit öffentlichen Verkehrsmitteln gut und relativ schnell die Uni erreichen. Erich nahm mein Angebot nicht nur wie selbstverständlich an, sondern nistete sich in meinem Zimmer regelrecht ein, machte sich lieb Kind bei meiner Familie und wickelte unsere Haushaltshilfe um den Finger, sodass diese alles für ihn tat. Die Chancen, jemals wieder mein Zimmer beziehen zu können, schätzte ich eher gering ein. Wenn ich nur Andeutungen in diese Richtung machte, hieß es sofort: „Und Erich? Wo soll Erich hin?"

Solange er zumindest in den Semesterferien vorübergehend mein Zimmer räumte, störte mich das nicht. Ich fühlte mich in Göttingen so wohl, dass es mich überhaupt nicht von dort fort zog. Vielmehr war der Plan, dass meine Verlobte nach Göttingen kommen sollte, denn für eine dauerhafte Beziehung war die Distanz zwischen Dortmund und Göttingen einfach zu groß. Doch der Plan scheiterte daran, dass meine Verlobte in Göttingen keine Chance hatte, eine Stelle zu finden. Denn hier gab es wie in Münster eine an die Universitätskliniken angeschlossene Ausbildungsstätte für Physiotherapie, mit deren Absolventen der Bedarf für Göttingen und noch weit darüber hinaus gedeckt werden konnte. Wenn sie also nicht zu mir kommen konnte, musste ich zu ihr kommen.

Nachdem diese Entscheidung gefallen war, drängte ich Erich, sich nun ernsthaft um ein Zimmer zu bemühen. Dass gleichzeitig meine Verlobte die Verwaltung ihres Krankenhauses unter Druck zu setzen versuchte, uns eine Wohnung zu beschaffen, wenn sie sie nicht als Leiterin der Physiotherapie verlieren wollte, verriet ich Erich natürlich nicht. Tatsächlich waren beide erfolgreich. Erich mit der Zimmersuche für sich und die Krankenhausverwaltung mit der Wohnungssuche für uns, was zu einer köstlichen Szene in unserer Familie führte. Während diese sich am Mittagstisch im Esszimmer versammelt hatte, läutete das Telefon. Da ich ihm am nächsten saß, nahm ich das Gespräch entgegen. Meine Verlobte rief an, um mir zu erklären, dass wir eine Wohnung bekommen könnten, aber heiraten müssten. Ich war etwas begriffsstutzig und fragte:

„Warum müssen wir heiraten?"

Hinter mir hörte ich die Bestecke heftig auf die Teller aufschlagen. Erleichtert nahm die Familie meine Erklärung entgegen, dass der Heiratszwang keine biologische Ursache hatte.

Seine Neigung zum Wechsel von Frauen und Zimmern, zu dem jetzt noch der der Universität und des Studienfachs gekommen war, legte Erich auch in

Bochum nicht ab. So kündigte er das Zimmer in Witten, das er sich nach dem Rauswurf aus meinem hatte suchen müssen, als er in einem Studentenwohnheim in der Nähe der Universität unterkommen konnte.

Seine neue Freundin hatte er in den Semesterferien während eines Urlaubs an der Nordsee kennengelernt. Er brachte sie zu unserem Polterabend mit, an dem die Kapazität der kleinen Wohnung meiner Schwiegermutter bei weitem überschritten wurde. Es waren auch einige Freunde und Freundinnen aus Göttingen angereist, zu denen ich nach wie vor Kontakt hielt und die wir in einer nahen Pension unterbrachten. Das Katerfrühstück am nächsten Tag wurde bei uns zu Hause eingenommen. Meine Schwiegermutter hatte sich wohlweislich bei Freunden einquartiert.

Erichs neue Freundin hieß Anne, stammte aus dem Sauerland war Technische Zeichnerin und uns auf Anhieb sympathisch. Sie war so ein Typ, mit dem man, wie man so sagt, Pferde stehlen konnte. Irgendwann beschlossen wir, zu viert für eine Woche nach Paris zu fahren. Leider haben wir die Woche finanziell nicht durchgehalten. Anne war praktisch ohne Bargeld unterwegs, weil sie davon ausgegangen war, in Paris Geld von ihrem Postscheckkonto abheben zu können. Als sich das als Irrtum erwies, mussten wir den Rest unserer Barschaft zusammenschmeißen. Mit den letzten Francs erstanden sie und wir auf der Rückfahrt in Reims eine Flasche Champagner, natürlich keine der Nobelmarken. Während der Kontakt zu Erich mit der Zeit immer mehr abnahm, hielten wir den zu Anne noch jahrelang aufrecht, auch dann noch, als sie längst nicht mehr Erichs Freundin war. Ein merkwürdiger Umstand stärkte sogar noch diese Beziehung.

Am Samstag vor der Taufe unseres zweiten Sohnes Moritz am Sonntag rief mich der Pastor an, der die Taufe vornehmen sollte und der später Präses der westfälischen Landeskirche wurde, und sagte:

„Eigentlich wollte ich mir deine Taufpapiere gar nicht ansehen, weil ich davon ausgegangen bin, dass das bei einem Presbyter und Religionslehrer *nicht nötig sei. Gut, dass ich es doch noch gemacht habe. Bei aller Begeisterung für die Ökumene, wenigstens einen evangelischen Paten brauchen wir schon."

Mir lief es abwechselnd heiß und kalt den Rücken herunter. Ein Pate sollte der mittlere Bruder werden. Bei ihm hatte ich nicht mehr daran gedacht, dass er sich nicht nur katholisch hatte trauen lassen, sondern auch katholisch geworden war. Bei dem anderen designierten Paten, dem ehemaligen Kommilitonen und Freund Christian aus Göttingen bzw. Norden, wäre ich nie auf die Idee gekommen, dass er katholisch sein könnte. Wer vermutet auch so etwas bei einem Ostfriesen? Nun war einen Tag vor der Taufe guter Rat teuer. Ich holte unsere Telefonliste hervor und machte mich daran, sie der Reihe nach abzuarbeiten. Ich begann die Gespräche immer mit dem Satz:

„Sag mal, hast du für morgen schon was vor?"

Es war niemand anderer als Anne, die sich sofort nach dem Anruf in ihr Auto setzte und zu uns nach Hattingen fuhr, wo wir inzwischen gegenüber dem Gymnasium wohnten, an dem ich unterrichtete. Sie hat bei uns übernachtet und noch den ganzen Sonntag mit uns verbracht. Auf diese Weise ist unser Sohn Moritz an eine zusätzliche dritte Patin gekommen.

Unser erster Sohn Stephan ist übrigens von einem ehemaligen Mitabiturienten von mir in Dortmund getauft worden, wo wir vier Jahre in der von der Verwaltung des Knappschaftskrankenhauses vermittelten Wohnung lebten. Eines Tages lief ich ihm in der Stadt über den Weg. Er hatte den mathematisch-naturwissenschaftlichen Zweig besucht und wie sein Vater Theologie studiert, unter anderem auch in Göttingen, wo wir uns einige Male begegnet sind. Als ich ihn traf, absolvierte er in einer Dortmunder Kirchengemeinde sein Vikariat und ich an einem Dortmunder Gymnasium mein Referendariat. So schloss sich der Kreis zwischen Abitur und Studium, nur dass er als Theologiestudent für das Pfarramt von der Wehrpflicht befreit war, ich dagegen als Theologiestudent für das Lehramt nicht.

Über tredition

Der tredition Verlag wurde 2006 in Hamburg gegründet. Seitdem hat tredition Hunderte von Büchern veröffentlicht. Autoren können in wenigen leichten Schritten print-Books, e-Books und audio-Books publizieren. Der Verlag hat das Ziel, die beste und fairste Veröffentlichungsmöglichkeit für Autoren zu bieten.

tredition wurde mit der Erkenntnis gegründet, dass nur etwa jedes 200. bei Verlagen eingereichte Manuskript veröffentlicht wird. Dabei hat jedes Buch seinen Markt, also seine Leser. tredition sorgt dafür, dass für jedes Buch die Leserschaft auch erreicht wird

Autoren können das einzigartige Literatur-Netzwerk von tredition nutzen. Hier bieten zahlreiche Literatur-Partner (das sind Lektoren, Übersetzer, Hörbuchsprecher und Illustratoren) ihre Dienstleistung an, um Manuskripte zu verbessern oder die Vielfalt zu erhöhen. Autoren vereinbaren unabhängig von tredition mit Literatur-Partnern die Konditionen ihrer Zusammenarbeit und können gemeinsam am Erfolg des Buches partizipieren.

Das gesamte Verlagsprogramm von tredition ist bei allen stationären Buchhandlungen und Online-Buchhändlern wie z. B. Amazon erhältlich. e-Books stehen bei den führenden Online-Portalen (z. B. iBookstore von Apple) zum Verkauf.

Seit 2009 bietet tredition sein Verlagskonzept auch als sogenanntes "White-Label" an. Das bedeutet, dass andere Personen oder Institutionen risikofrei und unkompliziert selbst zum Herausgeber von Büchern und Buchreihen unter eigener Marke werden können.

Mittlerweile zählen zahlreiche renommierte Unternehmen, Zeitschriften-, Zeitungs- und Buchverlage, Universitäten, Forschungseinrichtungen, Unternehmensberatungen zu den Kunden von tredition. Unter www.tredition-corporate.de bietet tredition vielfältige weitere Verlagsleistungen speziell für Geschäftskunden an.

tredition wurde mit mehreren Innovationspreisen ausgezeichnet, u. a. Webfuture Award und Innovationspreis der Buch-Digitale.

tredition ist Mitglied im Börsenverein des Deutschen Buchhandels.

Zeitfracht Medien GmbH
Ferdinand-Jühlke-Straße 7
99095 Erfurt, Deutschland
produktsicherheit@kolibri360.de